DE LA MÊME AUTRICE

Aux Éditions Gallimard

L'OUBLI, L'Arpenteur, 2014 (Folio n° 6173).

SURVIVRE, L'Arpenteur, 2017.

L'Arpenteur

Collection créée
par Gérard Bourgadier

dirigée
par Ludovic Escande

Frederika Amalia Finkelstein

AIMER SANS SAVOIR, ÊTRE SANS COMPRENDRE

roman

GALLIMARD | L'ARPENTEUR

À ma mère, pour son amour et son courage.

À Frida, pour demain.

Unité. Dispersion.

Virginia Woolf

PROLOGUE

L'enfance est un emprisonnement et une liberté.

L'enfance est un honneur serti de poison.

Depuis que je suis capable de me souvenir, ma mémoire a été mon royaume et ma chute.

Très tôt, j'ai détesté la réalité.

J'ai essayé de la comprendre, de l'apprivoiser, de me faire accepter d'elle, mais la dissonance était si douloureuse.

Je voulais être *comme les autres*, comme ce que je pensais qu'ils étaient.

La honte de ne pas être comme les autres était terrible.

Cette honte existe toujours en moi.

Ce livre est constitué de failles et d'inachèvements car le sont aussi mon histoire et mon cœur.

Ce livre est une déclaration d'amour et de peur à la vie, à la mémoire, à mon enfance.

Ce livre est un roman : une fiction, une errance, un rêve, un poème.

Il est elle, je, tu, nous.

1

La fenêtre de la chambre s'ouvre sur Buenos Aires. Printemps floral et humide. Je suis couchée, mon cœur est lent, je n'ai pas confiance en ce cœur, le pouls semble détaché de l'organe.

Ses pulsations ne sont pas les miennes, il bat sans ma présence, selon sa propre loi. Tous mes membres sont chauds, pesants, investis d'une sensation de gravité.

Sans ouvrir les yeux, je remonte le drap du lit jusqu'à me couvrir le visage. Je suis dans le refus du jour. Je voudrais retarder le moment du réveil : le retour à la réalité.

J'ai rêvé de mon premier amour. Cela m'arrive régulièrement. C'est toujours un aperçu de l'impossible : j'aimerais le retenir, le tirer du sommeil, le ramener dans le monde conscient. Je maintiens mes yeux clos dans la douleur physique de son absence. Même des années après notre séparation : le manque revient, le choc de la rupture se rejoue.

Des lambeaux du rêve surgissent, par vagues. Le

scénario est connu : je vais à sa rencontre, je tente de lui toucher le bras ou le visage, il me repousse en fronçant les sourcils d'un air agacé. Je veux plus que tout au monde qu'il me dise : tu n'es pas brisée, tout ira bien, *je suis ici*.

Et ainsi je cherche sa présence, une trace infime, mais c'est un mirage de l'amour, l'empreinte fantôme de ses mains sur ma peau. Je murmure *Il faut le détruire*, il faut le détruire dans ta mémoire. Je dois la libérer de l'emprise.

Espérons que ce jour peut être nouveau.

L'imagination d'un mont, quand j'en viens à me figurer la vie, réapparaît tôt ou tard ; la vie tel un mont rocheux, inhospitalier et immense face aux dimensions humaines de mon corps, encerclé en hauteur par des rondes de nuages vaporeux, ce qui m'enveloppe autant de crainte que de stupéfaction et d'étonnement, voilà cette vie qu'on m'a donnée, dont je me fais le témoin.

Il est temps de se lever. Cependant, la transition de l'horizontale vers la verticale me coûte : passer de l'abondance du rêve à la sécheresse du réel est une difficulté. J'ai besoin, avant de rompre avec la fiction de la nuit, de penser à un autre amour, d'invoquer un autre corps – une vision qui ne provoquerait pas de déchirement.

Je me mets donc à visualiser ma maison d'enfance – à cinq cents kilomètres au sud de Buenos Aires, le long de la côte atlantique, à Miramar. Car cette maison aussi, c'est un corps que j'ai connu et aimé. Un corps de pièces, de meubles, et le jardin pour visage. Je peux parcourir ce corps en pensée intégralement, me promener sans fin dans la cuisine, le patio, la chambre des parents, la salle de bains où l'on rinçait le sable et la crème solaire à l'eau chaude, après la plage – ces rituels si concrets, si précieux par leur insignifiance, et qui font de l'enfance un mausolée. La réminiscence de ce corps-là n'engendre ni regret ni douleur. Il est un refuge virtuel de tendresse et de confiance, un lieu où me recueillir pour toujours. J'essaye de pousser les détails jusqu'à faire surgir l'odeur et le toucher du souvenir de chaque pièce et de chaque objet qu'elle contient, c'est devenu un jeu. Souvent j'y parviens, par éclairs, je retouche et je ressens ce que je croyais perdu, enfoui dans les limbes de l'oubli. La précision me visite par surprise, le détail se retire de l'obscurité, le petit moment vécu s'extrait de la cendre, et je l'avoue, il est jouissif de renverser ainsi le temps. Mais bien sûr, précaire est chaque trouvaille, invivable sur la durée, aussitôt évanouie.

Ce matin, j'ignore pourquoi, c'est la porte blanche du garage, en bois, et sa poignée métallique froide et rouillée, qui passe en nuage dans mon esprit. Devant la porte, il y a des platanes alignés sur le trottoir, leurs feuilles frôlent les murs de la maison et ça sent la chlorophylle, l'écorce tiède. Cela n'a aucun intérêt, mais je m'y reprends à trois fois pour ouvrir la porte (la rainure est en mauvais état et se coince par le haut), puis j'entre dans le garage : odeur de salpêtre, de cirage, de caoutchouc des pneus de vélos vieillis. Le sol est géométrique, formé de petits carrés en relief, d'une couleur beige noircie par le cambouis et par les années. L'atmosphère est fraîche, comme dans une chapelle.

Je sors du garage. Je sens une présence derrière, à côté des arbres. C'est un jeune garçon de dix ans. Il est adossé au portail de la maison voisine. Je me concentre, je désire voir son visage clairement. C'est un enfant aux yeux noirs. C'est Fernando. Mon ami d'enfance, mon voisin préféré. Mais je l'avais reconnu au rouge, au blanc de son maillot de l'équipe de River; ce maillot que je détestais. Il va me proposer de jouer au football.

N'approche pas, n'approche pas, tu es un fantôme et tu dois rester loin de moi, loin de mon cœur.

Il me dévisage. Son regard porte la solitude de milliers de jours : impossible de l'oublier. Un regard sans limite de profondeur, brutalement simple et pur.

Il ne faut surtout pas que la douleur de l'absence revienne me corrompre, alors j'ouvre les yeux pour clore le souvenir. J'ôte le drap qui me couvrait d'un geste sec, décisif, et m'assois sur le rebord du lit, les pieds nus sur la moquette râpeuse, usée. *Laisse-toi faire*. Tu n'es pas obligée de te battre. Plus tu résisteras, plus la journée sera une épreuve.

Lève-toi et escalade

Je souris pour la première fois depuis le réveil. Je vois défiler dans ma tête des images de l'alpiniste californien Alex Honnold escaladant à mains nues, sans corde, le sommet El Capitan à Yosemite, neuf cent quatorze mètres de granite et de verticalité extrême. Un geste imparfait, un doigt mal ajusté, une légère glissade du pied, un instant d'inattention, de lassitude – une question de centimètres – et c'est la chute vers la mort.

*

Les persiennes découpent l'arrivée du soleil qui pénètre la chambre en rais obliques, orangés. Je m'approche de la porte-fenêtre et les remonte. Depuis le onzième étage, la ville apparaît : parcs, antennes, tours d'habitation, gratte-ciel se déploient à perte de vue. À l'ouest brille le fleuve de la Plata. Le ciel est proche de l'indescriptible : déstructuré, colossal, parsemé de longues lignes nuageuses argentées, semblables à de l'aluminium. Il n'est que huit heures du matin et déjà tout le paysage flambe dans la lumière. J'imagine les vies se déroulant derrière chaque fenêtre de chaque immeuble ; une fourmilière secrète d'existences silencieuses, chacune occupée à rester vivante.

Je sors sur le balcon. Hier me revient en mémoire instantanément. Jamais je n'ai entendu de pareils cris : j'ai ouvert la fenêtre aux alentours de midi, surprise par une soudaine et vaste clameur formée d'applaudissements, de coups de klaxons et d'élancements de voix plaintives, électrisées par le choc de l'annonce. Diego Maradona, *el dios de oro*, venait de mourir.

La surface est bordée de fleurs, alignées sur un carrelage de couleur ocre, dans des pots en terre cuite et en céramique.

La généalogie des femmes de la famille semble pénétrer dans la sève de ces fleurs, dans leurs cycles de naissance et de mort, à la merci des revers de l'existence et de l'écoulement du temps : dans cet attachement spirituel à la vie des plantes.

Chacune est d'âge, de taille et de variété différents ; certaines ont été plantées il y a plusieurs années par Elsa, ma grand-mère, d'autres par ma mère, quant à moi, j'ai récemment et pour la première fois acheté chez un fleuriste de Palermo un coquelicot-coccinelle, d'un rouge pourpre intense, tacheté de noir, que j'ai ajouté à la collection maternelle.

Cela a commencé par Simone, mon arrière-grand-mère, qui vénérait les camélias et les orchidées. Elsa a concentré son affection sur les hortensias. Il en reste quelques-uns sur le balcon, mais la plupart ont succombé pendant les semaines suivant sa mort. Les pétales ont jauni, sont tombés, puis les fleurs se sont éteintes. Celles qui ont mystérieusement survécu, cependant, demeurent vives, épanouies, généreuses en pétales, avec de riches nuances de bleu, et si larges qu'on ne peut les recouvrir entièrement avec la paume. Leur douceur rappelle la robe soyeuse d'un équidé.

Ces hortensias sont l'hommage continuel à la mémoire du passage d'Elsa sur cette terre, une trace vivante, en mouvement. Je les arrose chaque soir une fois le soleil éteint. Je veux les maintenir en bonne santé le plus longtemps possible : repousser l'inexorable perte. Chacun requiert un niveau particulier d'attention ; il faut scrupuleusement s'adapter à leur nature et à leurs besoins, si bien qu'il arrive qu'une fleur décline parce qu'elle est trop arrosée. Les végétaux ont besoin qu'on respecte leur degré de sauvagerie. On ne peut ni les forcer, ni les assujettir à la volonté humaine.

Pourquoi certaines variétés subsistent, et d'autres pas, je me pose souvent la question, présageant qu'il n'y aura jamais de réponse satisfaisante. Le rationnel ne l'emporte pas entièrement sur l'irrationnel, c'est un inextricable mélange – bien entendu, que deviendrait la plus robuste des roses sous une tempête de neige ? – et ainsi tout un ensemble de complexités se chevauchent, les facteurs génétiques et environnementaux, l'inné et l'acquis se heurtent sans cesse à l'aléatoire, ce terrible mot qu'on brandit lorsque les causes échappent à l'entendement.

*

La vue des hortensias, ce matin, me fait songer aux robes de ma grand-mère. Il y a quelques semaines, pour l'anniversaire de sa mort, j'ai ouvert le placard de sa chambre inoccupée, à quelques mètres de la mienne, et j'ai constaté en humant les tissus que l'odeur s'étiole. J'ai éprouvé une forte contrariété – ne pas pouvoir retenir les êtres par les traces sensorielles qu'ils laissent aux vivants me rend amère, pratiquement consternée, comme devant les misérables morceaux de pain essaimés par Hansel et Gretel dans la forêt des frères Grimm, et bien trop vite dévorés par les oiseaux.

Garder en tête la loi de Lavoisier, selon laquelle rien ne se perd, tout se transforme. La valeur scientifique du raisonnement me séduit, mais la consolation ne s'infuse pas durablement, car cette transformation ne se fait ni voir ni sentir, sinon par l'effacement.

Sur le balcon, je suis toujours prise de malaise ; un étourdissement, puis un vacillement, jusqu'à la nausée. Ensuite éclatent les phobies d'impulsion : la même sempiternelle projection mentale, chaque fois que je m'approche du vide. Soudain je me dédouble : j'enjambe mécaniquement la rambarde et je me laisse tomber. Je n'ai pourtant aucune envie de mourir, c'est plutôt une démangeaison interne, un besoin oppressant de sortir de mon corps, d'échapper à l'espace qui le contient : abolir la limite.

Quand ce genre de projection arrive – de nombreuses fois chaque jour et dans de très diverses situations – je cesse toute activité, je ferme les yeux, je fige mes mouvements pendant une poignée de secondes et je prends une large inspiration. C'est l'opération éclair d'une *tabula rasa* à toute petite échelle, une ruse sans grands moyens, qui a pour simple but d'éteindre puis de rallumer mon logiciel mental, et ainsi de m'extirper de l'infâme labyrinthe de mes obsessions. C'est ce que je fais maintenant : je ferme les yeux et je remplis d'air mes poumons. Mes paupières sont intranquilles, elles s'efforcent de ne pas se rouvrir, ce qui briserait la tentative d'apaisement. *Oublie que tu as un corps,* je murmure, portée par une croyance magique et quelque peu désespérée en un pouvoir performatif de la sentence. *Oublie que tu as un corps. Oublie l'espace et le temps.*

Ces interruptions de pensées sont insuffisantes, et loin de mon souhait si profond d'une délivrance définitive, mais c'est mieux que rien, et donc je persiste.

.

Enfant, je n'ai pas connu le vertige. J'ai vécu les premières années de ma vie dans cet appartement. J'ai observé ce vide, je l'ai humé, savouré, et finalement adopté comme un prolongement de ma chambre, et ainsi d'une certaine façon comme un prolongement de mon corps : je me suis même rêvée en oiseau, en héroïne volante, en Icare. Mais quand j'ai compris ce que signifiait le verbe mourir, et que ce vide pouvait provoquer mon extinction instantanée, l'insouciance s'est changée en terreur. J'ai pris conscience de la dangerosité du vide et cette révélation m'a figée : je ne pose même pas mes mains sur le garde-corps. Mais bien davantage que la possibilité, très peu probable, de chuter accidentellement, c'est celle de tomber délibérément qui me trouble : d'être aimantée par le vide au point de succomber à cette attraction. Nous pouvons décider de mettre fin à *tout*, il suffit de lâcher prise.

Un seul geste

C'est quelque chose de dérisoire, l'écart entre la simplicité de l'action et les conséquences irréversibles qui en découlent : la fin de *maintenant*. On peut rire d'une telle évidence, elle n'en est pas moins étonnante.

Si la vie me brûle trop, il y a le balcon comme ultime possibilité. Et cette pensée, alliant l'effroi et le soulagement, a pour paradoxe de m'inoculer une quantité non négligeable de pulsion de vie.

*

Je reviens dans la chambre. Mon téléphone est posé sur la moquette, l'écran est retourné, tel un couteau menaçant. Cet objet n'est autre qu'un monstre de tentation que je me dois de maintenir à distance le plus longtemps possible. Notre relation est hautement ambiguë : une dépendance affective mêlée de répulsion. Il a vibré à plusieurs reprises depuis le lever ; je retarde tant bien que mal le moment de le saisir.

Mon pied heurte un carnet ouvert, en similicuir rouge, posé près du lit. C'est mon carnet de pensées, je l'ouvre à la dernière page noircie.

4 h 12
Lumière sauvage à l'intérieur, derrière les yeux
Où est ma paix ?
Des phares, des rais de feu
Comment trouver le sommeil et sa quiétude
Même dans le noir me voilà aveuglée
Pourquoi je suis ici
Et ici, qu'est-ce que c'est ?
Il n'y a nulle part où aller, aucun monde à conquérir
Tout est déjà présent

Être présente c'est être partout
Et la vie est absurde
Arrête la peur

J'ai écrit ces mots il y a quelques heures et je n'en ai pas le souvenir. J'ai désormais l'habitude de trouver au matin des phrases et des vers écrits au cœur de la nuit. Ce n'est pas le premier carnet : il y en a eu des dizaines. C'est devenu une habitude nocturne motivée par une nervosité extrême – on peut parler de détresse. Je ne parviens plus à écrire le jour : je m'assois à mon bureau et toutes mes pensées s'annulent. Un très bruyant silence empêche toute tentative d'écriture, il écrase tout surgissement d'une parole. S'il fallait trouver une métaphore, ce serait celle d'un torrent de montagne. Approchez-vous d'un torrent et vous n'entendrez rien d'autre qu'un son blanc, dense, ininterrompu. C'est ce même bruit de torrent qui naît lorsque je m'approche du bureau pour écrire, mais un bruit sans son : un vacarme imaginaire, inaudible.

Il s'est formé une accumulation de matière inexprimée dans ma gorge et dans mon ventre. Pendant la journée, je me sens muselée, encagée – un animal sous la torture. Et ainsi je vais de trou noir en trou noir, souffrant de ne plus pouvoir penser, de ne plus pouvoir dire et de sentir cette boule de monde intérieur enfermé en moi-même.

De là vient la colère. La frustration. La douleur. Il m'arrive de pleurer ou de serrer le poing, ce qui ne fait qu'accentuer le tumulte.

Il n'y a plus que ces moments miraculeux, dans la nuit, où quelque chose s'ouvre à nouveau, où l'élan vital de la parole et de sa transcription redevient possible. Cela arrive généralement entre deux rêves, et la nuit est alors sectionnée en son centre. Je me réveille brusquement, sans toujours me rappeler mon rêve, puis je tourne dans mon lit à la recherche d'une anfractuosité où me glisser pour replonger dans le sommeil. Plus j'essaye, plus je peine à me rendormir, et c'est dans ce moment du refus qu'une énergie irrépressible éclot : toutes les tentatives avortées du jour viennent se condenser en une nécessité violente de jeter des mots sur le papier, des phrases qui me sont dictées soudainement d'un endroit de mon corps dont j'ignore tout. Je ne veux pas non plus le savoir – ce serait risquer de briser un mystère qui m'est pour une fois favorable.

*

Sur le bureau est posée la machine à écrire de mon grand-père. Une Remington des années 1950. À sa mort, le ruban n'a pas été changé, tout est resté intact. Personne n'a osé la déplacer, ni même la nettoyer. La garder à cet endroit, intouchée, c'était sauvegarder un peu la présence du défunt.

Elle est devenue une relique.

Chaque matin, en voyant cette machine figée dans le temps et en relisant mes coups d'éclat nocturnes, je pense au livre que je rêve d'écrire – mais les livres rêvés on ne les écrit jamais. C'est une ombre fantasmée, sans réalité, sans incarnation.

Cette chambre était celle de ma mère et c'est maintenant la mienne. Les chambres contiennent des strates de mémoire : elles sont comme les contes que l'on narre le soir aux enfants. Leur matière, leurs trésors se transmettent comme un flambeau, d'une mémoire à une autre, avec la tendresse et la fragilité d'un récit fantasque où tout est à peu près possible. Une chambre a accumulé les rêves, les désirs, les doutes de celui qui nous précède – plus qu'un simple espace, elle est dotée d'une âme. L'histoire des chambres s'élabore et s'enrichit.

*

J'ai emprunté le petit couloir jusqu'à la salle de bains. La pièce est recouverte aux murs d'un marbre gris-blanc dont les années ont amoindri l'éclat. L'appartement n'a pas été refait depuis cinquante ans, si bien que le mobilier et les murs demeurent dans leur jus, tachés, la peinture a perdu toute sa fraîcheur. Le lavabo est rose, comme la baignoire. Au plafond, une auréole d'humidité témoigne d'un ancien dégât des eaux. Ces traces de vétusté me rassurent : la décrépitude est la preuve d'une régularité dans l'écoulement du temps. On peut avoir confiance dans ce temps-là, il n'y a pas de surprise : laissez la matière et les objets tranquilles et ils déclineront imperturbablement. Je fais couler le robinet suffisamment longtemps pour que l'eau refroidisse, puis je me rince le visage. Je vois mes cernes dans le miroir, ils sont presque noirs, preuve physique de l'insomnie.

Plus j'avance dans l'âge, plus mon visage, je ne le comprends pas. Ce ne sont pas tant ses traits qui changent – je n'ai pas de rides et je maintiens une apparence juvénile malgré l'approche des trente ans –, non, c'est *l'autre* visage, celui qui n'est formulable par aucune description morphologique : l'invisible de mon visage s'éloigne de ce que je pense être moi, ce que je pensais être, du moins.

Il devient l'étranger : une certaine cohérence entre l'image et l'identité se fissure.

Tu as un abîme pour visage

Il y a des périodes plus inquiétantes que d'autres. Dans les phases excessives, il m'arrive de presser mes mains contre mes joues, jusqu'à mon front. Je tiens à l'illusion de pouvoir le retenir, parce que je sens que ce visage serait capable de se désagréger en un million de particules, comme s'il pouvait à tout moment devenir poussière. Je peux passer plusieurs jours sans me regarder dans une glace. Je redoute la possibilité des reflets – tout ce qui pourrait me confronter à ce visage de sable.

Et ce stratagème d'évitement, au lieu de m'apaiser, me fragilise. Me reconnaîtrais-je instantanément, si par mégarde je me croisais dans le reflet d'une vitre ou d'un écran ? Ou serait-ce la part monstrueuse que j'apercevrais, le visage derrière le visage ? Je finis par le fantasmer, par décupler ses dimensions dans l'horreur.

*

J'entre dans le salon, le mobilier est sobre et fonctionnel. Une télévision à écran cathodique du début des années 2000, une table basse en granit et aux pieds en bois sombre, un lecteur de CD à côté duquel on trouve une petite collection de disques de jazz et de tango. Le canapé lui aussi a cinquante ans, ses coussins de laine sont affaissés par l'usure. Face à lui, une bibliothèque murale, modeste. Je n'ose pas l'approcher, la moisissure a pénétré les couvertures des livres et la dernière fois que j'ai saisi un ouvrage de petits insectes décomposés ont glissé entre mes doigts, telle une cendre entomologique d'ailes, d'antennes et d'abdomens séchés. Ils venaient de derrière, leurs larves avaient éclos puis étouffé entre les tranches. On trouve parmi ces quelques livres un choix étonnamment exigeant, des premières éditions argentines de Kafka, Arlt, Joyce, quelques atlas de géographie et des encyclopédies sur l'Amérique latine. Chacun est soigneusement signé de la main de mon grand-père, accompagné de son prénom, *Jacobo*, et de la date de lecture. 1947, 1954, 1951. C'est très probablement le signe qu'il les avait sincèrement aimés. Ma passion pour la littérature participerait donc d'une transmission, c'est ce que je me dis chaque fois que, de loin, je les contemple.

2

Depuis trois semaines, il n'y a plus de concierge dans le hall de l'immeuble : il s'est pendu dans le local à balais. Il semblerait qu'il était sur le point de se faire licencier par le syndic, qui travaille à une diminution des coûts, mais je n'ai jamais bien su. Ici les rumeurs vont et viennent, s'amplifient puis se défont, comme dans une tragi-comédie en perpétuelle action. Son poste n'est pour l'heure pas renouvelé et sa loge demeure vide.

J'ai toujours connu cet homme. Il avait une moustache noire épaisse, il ne souriait pas, et portait, été comme hiver, des lunettes d'aviateur et une chemise militaire de couleur kaki. Je ne savais rien de sa vie et j'avoue avec malaise que je ne me rappelle même pas son prénom – je lui ai pourtant dit *Hola*, *Gracias*, *Buenas tardes*, *Buenas noches*, au moins un millier de fois. Son cas n'est pas isolé : dans toute la ville, les concierges, les portiers, sont en train de disparaître. Ils sont remplacés par des écrans de la marque Prosegur (une véritable conquête, sans partage, du marché) sur lesquels on voit s'agiter, de jour comme de nuit, en temps réel, un portier à distance muni d'un casque et d'un micro; il ou elle a en charge la surveillance et l'ouverture d'une centaine de portes et de halls d'entrée. Je m'arrête parfois devant l'un d'eux; je regarde les yeux du portier virtuel opérer des mouvements parallèles et perpendiculaires, sans jamais s'interrompre. Il n'a pas le comportement d'un être humain, mais d'une machine. Et cette accélération de la technique, oserais-je dire, cette progression intimidante de la technologie dans nos vies, cette progression devenue règne, permet la concentration des tâches et du profit. J'ignore s'il y a un lien entre le suicide du concierge et le succès de la marque Prosegur; je ne peux m'empêcher de le faire.

L'immeuble où j'habite aujourd'hui date des années 1970 et a pour ubuesque anecdote de s'élever sur les ruines de l'ancienne maison de campagne de Juan et Eva Perón. Il est situé au sud de Belgrano, à quelques minutes de marche de Palermo, sur les hauteurs de Buenos Aires, à l'écart de la frénésie du centre. Les rues du quartier sont calmes, parsemées de platanes. On ne compte plus le nombre d'ambassades installées ici : la Thaïlande, l'Allemagne, Cuba, le Mexique, l'Australie, l'Égypte, l'Autriche, la Libye... On y trouve des écoles anglo-saxonnes, dont les élèves sortent en cravate ou jupe plissée, des écoles juives protégées par des gardes munis de gilets pare-balles, des églises catholiques, évangéliques, des synagogues, des clubs de tennis.

Dehors, tout semble différent. Je n'ai pourtant pas encore croisé de visages. Est-ce une projection de mon imagination, ou est-ce, réellement, l'énergie de la ville qui vient de changer, au lendemain de la mort d'un seul homme ?

Mais Maradona n'était pas ici tout à fait un homme. Il était plus proche du ciel que de la terre, plus proche des dieux que des humains.

Cette atmosphère me rappelle celle qui s'installe lorsqu'un événement engage une nation, et à travers elle, un peuple. La mort de Maradona est à l'image du rapport de l'Argentine au football : une relation charnelle, éminemment politique.

Je me mets en marche vers l'avenue Federico Lacroze. Il faut sans cesse regarder par terre afin d'éviter les déjections canines. L'achat et l'adoption d'animaux de compagnie, particulièrement de chiens, a explosé cette dernière décennie. Avoir son chien est la garantie d'une diminution significative du sentiment de solitude, et même s'il n'est pas éradiqué, c'est, en milieu urbain, un bon compromis affectif. L'écosystème mis en place autour de ces animaux devient proportionnel à l'accroissement de leur population : promeneurs de chiens, garderies pour chiens, magasins de vêtements et d'alimentation spécialisés, parcs pour chiens, cafés pour propriétaires de chiens, clubs pour amoureux des chiens.

Contrairement à certaines métropoles comme Paris, chaque trottoir est ici la propriété de l'immeuble ou de la maison attenante, et non la propriété de la ville, si bien que d'une maison à une autre ou d'un immeuble à un autre le trottoir change sans cesse, son motif, et aussi son niveau de propreté. On passe d'un trottoir lustré à un trottoir insalubre, de petits carrés à de larges rectangles, du granit au béton, et ainsi rien au sol n'est homogène.

Les arbres du quartier de Belgrano sont centenaires, immenses, majestueusement tordus comme les bras tentaculaires de certains fleuves. Ils se développent sinueusement en hauteur et impriment leurs courbes veineuses dans le ciel. Il y a de l'humanité dans ces arbres : ils ont fusionné avec la ville, ils font partie de Buenos Aires, ils sont des habitants.

L'avenue Cabildo est percée d'une rafale de bruits métalliques. *Colectivos*, taxis, vendeurs à la sauvette étalant leurs produits dans la moiteur du matin (des torchons, de la nourriture conservée dans des glacières, des accessoires téléphoniques et de la contrefaçon). Les trottoirs accueillent les pas pressés des ouvriers, des cadres supérieurs et la misère du monde, tous se frôlent sans se toucher.

Je descends dans la station Olleros. C'est un long souterrain de lumière blanche et de murs gris. Sur le quai, un garçon d'une douzaine d'années est allongé sur le sol, les pieds nus et noircis, il porte un pantalon de jogging troué, déteint, et un maillot de l'équipe de Boca. Devant lui, une photographie de

Diego Maradona en tenue de l'équipe nationale (je la reconnais, elle a été prise lors du célèbre quart de finale Argentine-Angleterre du 22 juin 1986, au cours duquel le footballeur avait marqué impétueusement avec sa main, quatre ans après l'humiliation des Malouines). La photographie est accompagnée d'un carton sur lequel est inscrit un seul mot, en lettres capitales et à l'encre noire tremblante : A-DIOS. À côté d'elle, une petite figurine de la Vierge Marie est posée, entourée de bougies éteintes, comme un autel. Je ne sais pas ce que ce garçon attend, je ne sais pas ce qu'il désire. Il n'a pas l'air de demander de l'argent, il n'y a pas de gobelet devant lui, il ne regarde personne. Il semble triste et endeuillé, ou peut-être est-il drogué à la colle.

Une ombre connue s'introduit dans mon champ de vision. Je tourne le visage. Fernando. Il est sur le quai opposé, les bras croisés et les cheveux mi-longs. Il me regarde comme s'il allait me parler.

Il n'est plus l'enfant de mon rêve éveillé. Il est désormais un homme. Il a dix-huit ans. Oui je le reconnais : c'est lui à dix-huit ans, c'est Fernando tel que je l'ai vu pour la dernière fois, l'ultime été de son vivant. Nous nous étions aperçus sans nous adresser la parole.

Pourquoi Fernando encore pourquoi tu me poursuis
C'était sur la plage de Miramar. J'avais fait semblant de ne pas te voir, semblant de ne pas te reconnaître. Je l'avoue, j'avais été troublée, déstabilisée, par les formes nouvelles de ton corps. Ta beauté m'avait intimidée au point de devoir détourner le regard, comme une

lumière trop forte, ne pouvant être observée que par diffraction. Et voilà l'histoire de ma vie : ignorer plutôt que rencontrer, non par mépris, mais au contraire par peur, peur de ne pas trouver les mots, peur de ne pas pouvoir regarder dans les yeux, peur d'avouer l'importance que tu avais pour moi – et donc j'ai choisi de fuir, ou plutôt ai-je subi ma propre fuite, parce que ce renoncement au lien n'est jamais un choix, parce que j'aurais tout donné pour revenir à cet instant et renverser ma décision : marcher jusqu'à toi, enfoncer mes pieds dans le sable chaud de la plage, oui, venir jusqu'à toi, et enfin t'avouer que je voulais être avec toi, ne serait-ce que quelques minutes, oser te le dire : *tu m'as manqué*. Nous aurions pu nous parler, ou alors ne pas nous parler et aller faire une partie de baby-foot près du marchand de glaces, comme nous en avions l'habitude auparavant.

Là est sans doute ma seule et véritable folie : mon rapport insoutenable à la parole. La peur de dire, de s'adresser, à la mesure de la nécessité de cette parole. Une espèce de constante autocensure dans le réel. La désagrégation de mon langage – l'incapacité soudaine à parler au moment même où je veux m'exprimer le plus, le chaos magistral de toutes ces phrases avortées qui s'effondrent dans ma bouche. Est-ce aussi simple que la honte d'être jugée ? La honte et le muselage, la perte d'identité – *si je ne suis rien alors je n'ai rien à dire* –, la destruction soudaine de mes pensées et du commencement de mes phrases dès lors que je voudrais enfin sortir du silence.

La honte de l'infini

Il faudrait que je détache ma honte ; que je la pose devant moi et que je la fixe du regard. Ainsi, peut-être un jour pourrai-je la nommer. La solidifier. Lui faire une place. Prendre soin de ma honte, voilà un désir clairement énoncé.

*

La rame entre bruyamment en station. Dans le wagon, plusieurs personnes portent le maillot de l'équipe nationale de football ; la plupart arborent le chiffre 10, le chiffre sacré.

Les êtres sont tendus, fatigués, on peut sentir la pesanteur du chagrin sur les visages. Ce n'est pas un fantasme mais l'incarnation matérielle d'un choc national ; ce choc circule physiquement parmi les corps, affaisse les postures, assombrit les vêtements.

Où vont ces gens ? Se rendent-ils au même endroit ? Allons-nous converger vers le même mausolée ? Cela signifie-t-il que nous sommes désormais ensemble, eux et moi : unifiés ?

À quel moment allons-nous cesser de nous considérer comme des partitions dynamiques, allons-nous être Un ?

Seuls ensemble vers un même rassemblement.

À la station suivante, un homme entre dans le wagon. Il est vêtu d'une chemise à rayures bleues, un peu usée, et de beaux mocassins en cuir. Il parle fort. Il se met à évoquer sa mère. Il dit des choses loufoques et cependant cohérentes, il dit *J'ai perdu ma mère et pour survivre à ma tristesse j'ai mangé du yaourt pendant un an et demi*, il ajoute que le yaourt a forgé en lui un mental d'acier, puis qu'il a, pour aujourd'hui, seulement besoin d'une bouteille d'eau et de onze centimes, *Je vous en supplie, une bouteille d'eau et onze centimes.*

J'ignore à quoi pourraient servir ces onze centimes. Personne ne lui donne ; le chiffre est peut-être trop précis.

L'homme termine sa requête par un aveu, sur un ton plaintif mais articulé. Il déclare, abrupt et illuminé : « Ma solitude, c'est le monde. »

Lorsque la rame entre en station et s'arrête, il s'en va impérieusement, comme il venait d'entrer.

Ma solitude c'est le monde

Voilà une phrase qui ne m'est pas étrangère. Ces dernières années, j'ai eu l'impression persistante d'être coupée de tout. Les êtres, les axes, les savoirs sont sans cesse interrompus ; n'imprègnent que les sensations, comme si la part sensorielle avait pris l'ascendant sur la part intellectuelle. Je suis toujours à la limite du renoncement d'écrire, du renoncement d'aimer, cependant quelque chose m'oblige à poursuivre :

j'ignore quelle pourrait être cette étrange force qui me pousse à maintenir l'espoir, la soif – est-ce cela que l'on nomme pompeusement le destin ?

Je me suis tenu sur mes gardes comme un athlète expérimenté. J'ai lu et relu cette phrase de Lautréamont, et longtemps je l'ai trouvée excessive, mais désormais je la ressens par tous les pores de ma peau. Il faudrait être un athlète : savourer la faim, conserver l'endurance, respecter l'animal la pureté le gouffre l'enfant l'ascète le monstre le dieu la vie le mal la mort et la destruction en soi.

Toujours et toujours dans l'excès petite folle

Quand, plus jeune, pour la première fois, j'ai traversé les crises de l'existence, vers quatorze ans, ma mère, si désarmée, à court d'inspiration, est allée fouiller dans les tiroirs de l'appartement, à la recherche d'une lettre qui lui fut adressée par son père à la veille de ses seize ans, alors qu'elle-même commençait à douter de sa place dans le monde. Enseveli sous des tas de courriers et de vieilles factures, à l'odeur de pipe et de café, elle a retrouvé le trésor et elle a tressailli : la lettre était écrite à l'encre Parker noire, dans une graphie sautillante, un peu lunaire. Le papier était fin, craquelé et durci par les années, et ma mère a tenu cette lettre entre pouces et index, comme on le ferait avec un parchemin qui menacerait de se rompre.

Je ne l'ai pas lue directement, elle me fut transmise à voix haute – oui, à l'instant, dans le wagon, je ferme les yeux je te revois maman, dans ta chambre qui est maintenant la mienne, assise sur le déjà vieux et chic fauteuil des années 1970, face au bureau bleu et blanc, tandis que je suis en tailleur sur la moquette marron, et que je me tiens mélancolique et effrontée, car les paroles de mon grand-père avaient valeur d'autorité, mais tout ce qui prenait la forme de conseils quant à la manière de mener sa vie exerçait forcément une répulsion, particulièrement à l'âge que j'avais alors.

De cette lettre je me souviens, elle évoquait une histoire de troupeau de moutons : mon grand-père expliquait qu'il valait mieux, parfois, rejoindre le troupeau, sans se poser de questions, car le troupeau de moutons n'est pas forcément celui que l'on croit; il n'est pas si impur, avilissant, et se situer à l'écart du troupeau est bien souvent trop de souffrance. En conséquence, à peser le pour et le contre : le choix du groupe était sans appel. Car l'isolement, en ce monde, est létal.

La métaphore m'avait révoltée, j'avais pensé que Nietzsche lui aussi aurait été furieux (j'étais alors en pleine découverte adolescente de *Zarathoustra*), mais désormais, à y repenser, je l'envisage avec beaucoup plus de tendresse, pourrait-on dire d'humilité, et la notion de résistance, d'ostracisme, de refus, me semble plus épuisante et illusoire que courageuse. Nous sommes toujours les moutons de quelqu'un ou de quelque chose, je pense, dans le wagon, et si nous ne sommes pas les moutons d'un troupeau, nous sommes les moutons de nous-mêmes, attachés aux projections, aux comparaisons, aux automatismes de notre éducation et de notre environnement.

Et puis je ne vais pas mentir, la figure du mouton m'est familière : j'ai tant aimé le mouton du *Petit Prince*, ce mouton dessiné dans une boîte, qui n'est admis comme mouton que parce qu'on ne peut pas l'apercevoir – et c'est peut-être cela, le début de la sagesse : échapper à la forme, à son figement : échapper au mur de l'identité. Est-ce un hasard, me dis-je, si ce qu'on nomme l'art (j'ai un mal fou à prononcer ce mot, je voudrais en trouver un autre, un plus simple encore) a surgi dans ma vie au crépuscule de l'enfance, au moment même où tout, sans réelle cause rationnelle, s'est effondré – j'y reviendrai –, où la torpeur et l'effroi de vivre ont déferlé sur ma pensée naissante et sur mon corps changeant ? Oui, je voudrais un autre mot, un mot aussi large que le mot vie, un synonyme qui comprendrait la marche, l'amour, la nécessité, le fait de se nourrir et de s'hydrater, le fait de respirer, rire pleurer jouir. Au milieu des voyageurs anonymes, une phrase d'un livre que j'ai aimé me revient, elle dit : « Je me suis senti tellement seul que j'aurais voulu mourir », et ce matin, de nouveau, je l'entends, mais je l'entends depuis l'autre côté, depuis le côté de la solitude franchie.

3

Une foule massive s'achemine vers le palais présidentiel. Le corps embaumé de Diego Maradona y est exposé publiquement durant trois jours et trois nuits, à l'occasion d'une veillée funèbre exceptionnelle. Les consignes sont claires : il est interdit de s'arrêter ou de s'agenouiller devant la dépouille, ce qui n'a pas empêché des centaines de milliers d'Argentins de faire le voyage, dans l'espoir de processionner jusqu'au cercueil.

Des médias des cinq continents sont rassemblés depuis l'aube autour de la place et rendent compte minute par minute du spectacle historique.

Tout le pays est à l'arrêt. De nombreux magasins ont fermé leurs portes, en marque de respect pour le héros de la nation.

Je viens de sortir du métro, je longe à pied l'avenue de Mai, à quelques mètres de la *Casa Rosada*. Le cortège est multicolore, parsemé de maillots de l'équipe argentine, aux rayures bleu ciel et blanches, et de l'équipe de Boca, bleu et jaune.

Une ribambelle de cars de police et de l'armée

borde l'avenue. En approchant de la place de Mai, on entend grandir une clameur, un mur de son qui monte dans le ciel, de rires et de lamentations. C'est un chaos de bousculades. Certains courent, sautent, d'autres rampent, les mouvements de foule sont désorganisés, on pourrait croire à la fosse d'un concert sauvage.

La colère succède au chagrin dans une folie atmosphérique, j'entends des rumeurs de tous côtés, j'essaye de démêler les voix des passants du beuglement général, *Il paraît que son médecin l'a empoisonné, qu'on aille le chercher et qu'on le pende* Et puis *Il est peut-être pas mort, ils ont peut-être mis un sosie dans le cercueil, on va devoir bien regarder.* Et puis *Il avait trop de dettes, il était harcelé, on lui en a fait des misères, il est parti se réfugier quelque part où on ne pourra pas le trouver, il a eu raison, gloire à Diego* Et puis *J'ai entendu que la mafia napolitaine l'a exfiltré sur une de leurs îles* Et puis *Vous avez vu cette photo qui circule ? Apparemment, un employé des pompes funèbres l'a photographié illégalement sur son lit de mort, c'est obscène, c'est une profanation, qu'il croupisse en enfer, c'est notre Diego, pas le leur, il est au peuple, ils nous le volent, salauds !*

Les plus bouleversés désobéissent, se prosternent devant le cercueil, font des signes de croix et envoient des baisers en direction du défunt ; ils se font arrêter, et l'attente et la brutalité s'accentuent heure après heure.

Je ne sais pas exactement ce qui m'a pris de venir ici, j'étouffe, mon corps, déjà, est au bord du malaise.

C'est alors que ma mémoire se ravive. Cet instant de chaos me ramène à un souvenir précis de mon enfance.

La mort en face

C'était l'après-midi du 23 décembre 2001 (la veille de Noël), notre mère nous avait donné l'autorisation, à mon grand frère et moi, de nous rendre à une fête d'anniversaire chez nos cousins, dans le quartier Nord, rue Arroyo. Elle nous avait accompagnés à quelques mètres de la maison, sur le bord de l'avenue Federico Lacroze, pour héler un taxi, puis s'était entretenue quelques secondes avec le chauffeur. Le taxi avait traversé la ville en empruntant la grande avenue du Libertador ; arrivés sur l'avenue de Mai, des barricades s'élevaient pour bloquer la circulation, car la police et le gouvernement craignaient que le palais présidentiel ne soit envahi par une foule de manifestants. Le quartier était donc inaccessible en voiture, il fallait longer un bout de l'avenue pour pouvoir emprunter l'avenue Callao. « Je ne peux pas continuer, mais je peux vous ramener chez vous » avait dit le chauffeur à mon frère, qui avait répondu poliment : « Pas grave, arrêtez-vous ici, on va marcher. — Votre mère m'a demandé de vous déposer au bas de l'immeuble. » Mon frère avait argumenté, comme il sait si bien faire, et le chauffeur avait cédé. *Que se cuidan, chicos.* « Faites attention à vous. »

Nous nous sommes retrouvés seuls. L'avenue était déserte. Des chants et des casseroles grondaient plus loin. Parfois, un corps traversait l'avenue en courant, avec l'allure d'une bête traquée. Mon frère marchait vite, il ralentissait régulièrement pour que je puisse ajuster mes pas aux siens. Puis il s'est arrêté net. Deux superbes chevaux ont surgi dans une nuée de fumée blanche ; ils étaient à une trentaine de mètres, peu discernables, si bien que j'ai cru un instant à un tour de mon imagination. Les cavaliers avaient à la main de longs bâtons noirs qu'ils tenaient fermement ; j'ai dit à mon frère : « Des joueurs de polo ! » Mais son regard a basculé dans la terreur. Il s'est figé. Il m'a pris par le bras, m'a agrippé brutalement le maillot de corps. Il m'a dit : « Ne regarde pas. » Un des cavaliers venait de foncer sur un homme ; il lui a assené des coups de matraque dans le dos, puis sur le visage, qui s'est couvert de sang. Ses gestes étaient barbares et l'acharnement fut inouï ; je me souviens de la violence. *Ne regarde pas*, il m'a répété, mais j'ai tout vu. L'homme a tenté de se protéger, il implorait, les mains levées au ciel pour esquiver les coups, le cavalier s'en moquait, il fracassait le pauvre homme avec une volonté exceptionnelle, et quand la tête fut touchée, l'homme s'effondra, les mains derrière le dos. Il gisait comme un pantin désarticulé sur le goudron. Une mare de sang s'est répandue autour de son crâne, il en sortait aussi par son nez et ses oreilles. Mon frère a émis un faible cri, étouffé par le choc.

J'en ai fait des cauchemars et je lui en ai voulu pendant longtemps, oui je lui en ai voulu de ne pas avoir mis sa main devant mes yeux pour me protéger de cette vision du crime.

Buenos Aires, 2001. L'année de la pire crise économique.

Je n'avais même pas dix ans. Dans les rues de la ville, on entendait quotidiennement des sirènes de police mêlées aux casseroles des *piqueteros* et aux chants contestataires entonnés en chœur, auxquels je ne comprenais rien. J'ai remarqué, pour la première fois, une peur glacée dans les yeux de ma mère. Nos parents passaient beaucoup de temps au téléphone ; j'essayais de déchiffrer leurs paroles, vainement. Cet hermétisme du langage des adultes me désespérait. Les mots « dollars », « pesos » revenaient dans toutes les conversations. Parfois, le mot « Uruguay » surgissait dans l'affolement.

Le paradis de l'enfance s'est renversé sous mes yeux ; il est devenu en quelques jours un lieu instable et obscur. J'allais me coucher avec une peur nouvelle – des torsions au ventre. Ma grand-mère a perdu vingt ans de petites économies en une matinée, lorsque le peso s'est subitement et scandaleusement effondré.

La pauvreté et la colère ont explosé. Tout était incertain.

Un soir, à la télévision, le jour de la démission du président de la République de la Rúa, nous avons assisté, médusés, aux images de l'hélicoptère présidentiel s'élevant au-dessus de la *Casa Rosada* et disparaissant dans le ciel. Les chaînes d'information montraient, en boucle, des grandes personnes en train de s'acharner contre des vitrines, afin de les fracturer, et des citoyens en train de taguer des mots inédits sur les murs des banques – LADRONES, *voleurs*; CHOROS, *truands*; SANGRE, *sang*. La peinture rouge se répandait en filaments jusqu'aux trottoirs. On voyait et on entendait des pleurs de rage.

C'était le début de la fin de l'innocence. Je découvrais le désastre de ce pays, et à travers lui, la violence du réel.

*

Les cris et les bousculades me ramènent au présent. Au cœur de la foule en délire, je ressens une tristesse aiguë; du dégoût et de l'amour, de la pitié et un fond inexprimable de haine. Je me souviens alors de tout le mal que disait ma mère de l'Argentine, de son propre pays. À l'entendre, l'Argentine était le nom de la catastrophe : l'enfer doré. Elle l'évoquait tantôt avec tendresse, tantôt avec ressentiment, tel un amour trahi, un amour détruit par une continuité de désillusions.

L'Argentine, ce pays du gâchis, de la corruption, du manque de sérieux ; ce pays sans futur, condamné aux tragédies économiques et politiques. Un endroit perdu dans le monde, où l'on ne peut rien faire de sa vie si l'on n'est pas quelqu'un – un fils ou une fille de, solidement soutenu par une caste ou une famille. C'est ce que ma mère n'a cessé de nous répéter, comme s'il fallait prévenir ses enfants du danger de sa terre de naissance.

C'est ce chagrin maternel qui maintenant me traverse. Il me tombe dessus comme une pluie acide. Je comprends enfin son exil. À cet instant précis, dans ce manège de cris, de désordre et de détritus, je le tiens entre mes mains, invisiblement. Je comprends pourquoi ma mère a quitté l'Argentine pour la France, pour *le premier monde*, comme elle l'appelait. Je comprends le poids de cette séparation et de cet impossible lien avec ce pays furieux, pourri à la racine et magnifiquement fou.

Et j'entends le mot se répéter dans ma tête.

Argentine

Maradona était plus qu'une célébrité, qu'une idole ou qu'un demi-dieu, il était ce pays : il était l'Argentine.

Le destin argentin.

Le pays de ta mère, pour toujours ton pays

Oui ; c'est le pays de ma mère. Mais quel est mon pays ? Et qu'est-ce qu'appartenir à un pays ?

Qui es-tu, toi, qu'attends-tu de la vie

C'est absurde, voilà que j'aperçois Fernando au milieu de la foule. Je sais que je délire, mais je me laisse porter par l'hallucination. Je suis attirée par ce corps, attirée au-delà de son image projetée par le souvenir. Il était mon enfance, l'amour de ma vie d'enfant, il est la découverte du désir, l'élan vital, il est l'excitation de l'été, la plage, les arbres et le football, il est la vie pure, belle, vraie, et nourrissante. Il est le meilleur de l'existence et de ce pays, le meilleur de ce que j'y ai vécu.

Imaginer et me souvenir, c'est à peu près tout ce que je sais faire. Au moment de l'adolescence, j'y ai trouvé une véritable consolation : la mémoire de l'enfance est devenue un refuge inépuisable. Ai-je jamais pu endurer le présent ? Je m'enfonce dans ma mémoire avec déréliction, je parcours pendant des heures le passé. Je revois les lieux, les instants, les visages qui m'ont rendue heureuse. Souvent des scènes anodines, une promenade au parc des Barrancas en bas de Belgrano, un tour de manège, une glace mangée sur la plage de Miramar à quatre heures de l'après-midi ; le souvenir d'une partie de football avec mon frère et

Fernando, les feux d'artifice du 31 décembre que mon père organisait vaillamment chaque année pour toute la marmaille de la ville. Il posait des toupies de feu multicolores sur les platanes et lançait dans l'air des projectiles pyrotechniques qui allaient assez loin dans le ciel noir de la petite station balnéaire de Miramar. Le quartier accourait, émerveillé par ces éclats dans la nuit.

Pourquoi ces souvenirs plutôt que d'autres? Pourquoi maintenant? Il n'y a pas d'explication à ces surgissements mémoriels, ils ne sont ni chronologiques ni hiérarchisés; c'est le fruit du hasard, les images, les odeurs, les visions surgissent sans avoir été amenées par aucune volition.

Le soleil argentin et ses ténèbres

Ici, sur cette place, le temps revient par le sol.

Je peux sentir la vibration terrestre de l'Histoire gronder et devenir une matière du réel. La place de Mai est l'épicentre de l'Argentine. Elle s'est constituée par couches d'événements fatidiques, qui se sont superposés les uns aux autres, comme une tectonique des plaques d'où jaillirait, à force d'amoncellements, un continent de mémoire.

C'est le lieu où s'est construite l'Argentine, en 1810, lors de la révolution de Mai, puis en 1860 lors de la proclamation de la Constitution; c'est le retour à la gloire, en 1945, lorsque le jeune Perón revient d'exil accompagné d'Evita; c'est dès la dictature, en 1977, les jeudis, les Mères de la place de Mai, les héroïnes que l'on appelait les Folles, qui manifestent chaque semaine, en silence, faisant le tour de la place pour réclamer « Justice et Vérité », pour leurs filles et fils, maris, petits-enfants, pour réclamer leurs Disparus. « Circulez, circulez », on leur ordonne, et c'est exactement ce qu'elles font ; elles se mettent à tourner sur la place chaque jeudi, sans dire mot, et ce cercle devient la figure géométrique de la résistance.

Aujourd'hui, c'est Diego Maradona, à la vie et à la mort, le football, pour le pire et le meilleur, une nation unie et déchirée par ce football, un football suprême, une religion de démesure, une façon politique de s'engager dans le vivant, un poème sans interruption, une foi, une promesse, un sacrifice, un désir d'amour et l'amour fou lui-même, sans finitude et sans objet : le football, ici, n'est pas un sport, c'est la respiration du peuple, c'est l'âme de la nation, son histoire, sa beauté, son rêve et son cauchemar.

Mais les Disparus, toujours eux, je ne les oublie pas, et cette place de Mai ne cesse de recracher leur absence. Les manquants à l'appel, les anonymes, les partis trop tôt, les sacrifiés aléatoires. Il n'y a pas dans ces morts une échelle de prestige : il n'y a dans ces morts qu'une seule injustice. Et tandis que mon mirage s'évanouit dans la cohue, je repense à l'article sordide du journal local de Mar del Plata, intitulé « Le fils aîné d'une famille ancienne de la région mort d'une méningite foudroyante », sur lequel j'étais tombée plusieurs années après le décès de Fernando. Il évoquait assez précisément les dernières heures de mon ami, le mal de tête soudain, la fièvre fulgurante, le transport par ambulance de Miramar à Mar del Plata, enfin le corps couvert de taches bleuâtres. J'ai imaginé avec un déchirement dans mon cœur et des larmes dans mes yeux ce corps de dix-huit ans détruit en moins d'un jour, en déchéance accélérée. Toute une vie, annulée, confisquée, en vingt-quatre heures.

Transmission est réparation

Disparus, tous les disparus. La disparition c'est l'histoire de ma vie, de nos vies, c'est l'histoire de la vie de ma mère, et celle de la vie de mes grands-parents.

De disparition en disparition et d'exil en exil. Fuir les disparus puis sans cesse les voir revenir.

Même si je ne m'en souviens pas, je ne l'oublierai jamais

Et pourquoi les morts nous fascinent-ils tant ; pourquoi ce lien privilégié avec eux, comme s'ils étaient au-devant de nous et qu'ils en savaient davantage, qu'ils avaient l'autorité de l'avenir et de l'au-delà ? Mais les morts *sont* morts. Nous vivons pour nous-mêmes et non pas pour eux. Là n'est d'ailleurs pas la question. Qu'ils soient ou non vraiment morts, à quel point ils sont morts, s'ils peuvent nous voir et nous entendre, de là où ils sont, seul compte en vérité le lien qui nous traverse, la qualité de ce lien, ce que nous en faisons pour vivre.

Sur la place de Mai, je pense aux morts de l'Histoire, exterminés par des décisions politiques, puis je pense aux morts de nos vies intimes, tués par accident ou par l'injustice cellulaire – et tous se joignent et s'élèvent en fantômes telle une façade de disparus qui tapissent le ciel de leurs visages et de leurs noms.

Je l'avoue, ces disparus m'effrayent autant que je les aime : ils me confrontent à ma finitude et à mon déracinement. Ils me rappellent que je suis de nulle part, et que je ne sais jamais où je vais. Ils sont ma peur de la réalité, ma peur de l'invisible, ma peur de la mémoire.

Et si, me dis-je, si ce vacillement remontait à plus loin qu'au commencement de ma vie ? Si c'était lié à la langue ? Sur trois générations et systématiquement, mes ancêtres n'ont pas transmis la langue de leurs parents. Mes grands-parents sont nés en parlant le yiddish ; arrivés en Argentine, ils ont parlé l'espagnol à l'école et le yiddish à la maison. Plus tard, ils ont parlé à leurs enfants en espagnol, et la langue originelle est devenue celle du secret, des conversations inaudibles entre adultes. Parfois, des mots de tendresse ou de colère. Ma mère, à son tour, ne m'a pas transmis sa langue de naissance. Arrivée en France, elle nous a parlé le français, et ainsi chaque fois la langue maternelle s'est désagrégée. La langue du dehors n'était pas celle du dedans ; peu à peu, l'assimilation leur a fait abandonner la langue de leur pays. Et sans cesse les événements de l'intime et de l'Histoire ont, par l'exil, transformé la parole.

Quelle part de mémoire charrie ma langue ? Et ces changements de langue, en cascade, firent-ils l'effet d'un détraquement de transmission de nos mémoires ? Je le pense désormais : il y a très certainement un lien entre les cassures de langue à chaque génération et mon vertige, ce malaise plus ou moins permanent que j'éprouve dans la réalité de l'instant : c'est comme si le socle sur lequel je me tiens dans l'existence était bâti sur un sable qui ne cesse de se disperser. Je suis perdue dans l'interstice de plusieurs langues, et c'est pour cette raison que je perds aussi l'usage de mes mots, jusqu'à mes émotions, que ma parole vacille, et avec elle tout sentiment solide de relation aux autres.

Comment l'Histoire et l'intime se rencontrent pour faire naître un destin

Ma naissance est le résultat d'une succession d'événements qui ont rendu ma vie possible – ou inévitable.

Le monde cogne dans l'intime.

Il s'invite dans les cœurs et les destins des familles.

La haine configure le destin

Au plus loin que je puisse remonter dans ma généalogie (à vrai dire pas si loin), l'exil fut lié au cauchemar de l'Histoire. Mon arrière-grand-père, Abraham, et mon grand-père, Jacob, ont quitté Cracovie à la fin des années 1920, pendant la montée de la haine antisémite en Pologne. Ils sont simplement allés là où ils connaissaient des gens, dont la trace a depuis été perdue : telle fut la raison de leur départ par bateau depuis l'Europe, puis de leur arrivée à Santa Fe, en Argentine.

Jacob a grandi dans une famille stricte, juive orthodoxe. Il a rêvé assez tôt de liberté, de piano, de plaisir : de poésie. À dix-huit ans, sa mère le voulut étudiant en droit. Il refusa obstinément, et préféra la fuite. Cela se joua en un matin, à la gare de Santa Fe. Il prit le premier bus en partance. Il s'agissait d'un bus qui allait dans la province désertique du Chaco, jusqu'à la ville de Resistencia : le nom de cette petite ville, par-dessus tout, lui inspira confiance. Un nom prend en charge un destin.

À Resistencia, il rencontra une jeune femme, née Horowitz, qu'il épousa : de leur amour, une fille est née.

Les accidents configurent le destin

Un soir, Jacob et son épouse, qui était au volant, eurent un accident de voiture. Son épouse décéda.

Mon grand-père s'occupa seul de son premier enfant, pendant quelques années.

Et de nouveau, le destin frappa. Ce fut à un bal de village ; il vit apparaître une femme timide, plus jeune que lui, qui avait peur de danser. Il s'avança vers elle et l'invita pour une valse. Elsa était son prénom. Elle était née en Argentine, d'une mère d'Europe de l'Est et d'un père andalou – les deux avaient quitté la religion.

Jacob et Elsa se marièrent. Ils eurent une fille, ma mère, puis un garçon.

Elsa enseigna l'histoire dans un lycée de Resistencia tandis que Jacob contribuait à fonder en 1943 *El fogón de los arrieros*, un lieu culturel où venaient se rencontrer les peintres, les musiciens, les écrivains, les poètes de la ville, et plus tard de tout le pays. On y parlait d'art et de politique, on y organisait des lectures, des conférences, des concerts. *El fogón* existe encore aujourd'hui.

La génétique configure le destin

Assez vite, la vie se compliqua : le petit frère n'allait pas bien. Il hurlait la nuit, était pris de terreurs. Il refusait régulièrement de boire de l'eau, il redoutait sa transparence. Son regard se perdait dans le vide, dans le ciel, dans les fleurs ; ce petit frère s'égarait dans ses pensées, se créait des mondes invisibles, que lui seul pouvait voir ; il se cognait contre les murs, faisait des mouvements de balancier, recroquevillé sur lui-même pendant d'interminables heures. Ses parents étaient désespérés : ils ne trouvaient pas, dans les années 1960, en province, d'institut en mesure de venir en aide à leur fils – il fallait une infrastructure capable d'accueillir son mal-être et sa singularité.

Pour cette raison, et précipitamment, la famille déménagea à Buenos Aires. Les premiers mois furent difficiles. Pour gagner sa vie, mon grand-père trouva un emploi d'attaché commercial pour un laboratoire pharmaceutique. Ma mère dut faire le deuil de sa ville de naissance et de ses amitiés perdues. Elle connut la solitude de Buenos Aires et la cruauté des enfants à l'école, qui flairent l'étrangeté des nouveaux venus.

Elle finit par apprivoiser la capitale, et à l'adolescence elle se fit même de bons amis.

C'était presque trop beau.

1976.

La dictature militaire.

Je me souviens de tes mots, je les ai tirés de toi avec insistance, brutalité, toute ta vie tu les as fuis, leur forme et leur souvenir, tu m'as dit Les escadrons de la mort, un mouvement obscur de dégoût dans les yeux, cette période c'était l'interruption de la vie parce que la vie était emprisonnée par la peur, la peur irrationnelle et ininterrompue, tu m'as dit Nous avions l'obligation de sortir avec notre carte d'identité, les contrôles avaient lieu du matin au soir dans la rue, Je me souviens des Ford Falcon sans plaque d'immatriculation, conduites par les paramilitaires et la police, qui tous les jours terrorisaient les rues de Buenos Aires, à la recherche de nouveaux corps à enlever et de nouvelles vies à détruire, tu m'as dit Je n'ai jamais pu en revoir une sans être parcourue d'un frisson ; et mon ami Ariel qui est parti, la nuit j'en rêve encore, je ne peux pas oublier, ce dernier instant où je l'ai vu à l'arrêt de bus, son regard fuyant et cette phrase ultime : *tu ne me connais pas*. C'était pour me protéger parce qu'il se savait surveillé, et notre ami Claudio, je me souviens du visage de sa mère et de sa voix désespérée, frénétique, quand elle a accouru jusqu'à chez nous pour nous le dire, *fueron a buscar a Claudio*, ils sont partis chercher Claudio, elle portait déjà le deuil dans son regard, la prémonition du fils que l'on ne reverra pas. Claudio, le brillant et timide élève du prestigieux lycée Pellegrini, qui n'avait encore jamais manifesté, pourquoi lui et pas un autre, on n'a jamais su, pourquoi eux, il suffisait que ton nom figure au coin d'un carnet et c'était terminé ; tu m'as dit Je m'habillais *Hermès*, c'est comme ça qu'on le disait, on devait faire bon genre pour passer inaperçu devant les militaires et la police, car passer pour un jeune de gauche ou même *décontracté* c'était risquer l'enlèvement ; on ne parlait de rien au téléphone, on se savait potentiellement écouté. Je dormais la porte de la chambre fermée, ma chambre qui est désormais la tienne, et la porte-fenêtre du balcon entrouverte – s'ils venaient me chercher la nuit, j'avais décidé que je m'échapperais par le balcon et que je me jetterais dans le vide.

Plutôt le suicide que la torture.

Il y avait aussi le déni, la moitié du peuple vivait muré dans l'aveuglement et le silence des enlèvements et des séquestrations, et pendant qu'à l'Esma, en plein centre-ville, on emprisonnait, torturait, tuait cinq mille personnes, pendant que des femmes accouchaient de force, les yeux bandés, et se voyaient retirer leur enfant instantanément, sans l'avoir touché, sans l'avoir vu, pendant ce temps-là, dans la capitale, on organisait la Coupe du monde 1978, ce comble de l'ironie, la fête de pacotille, le grand spectacle odieux de propagande : cette coupe du monde et les Malouines, c'étaient deux versants clownesques du même mensonge, et derrière ce mensonge, la sordide répression. Pour l'Esma, à Buenos Aires, on ne savait rien, mais en 1977 un ami suédois, Sören, m'a envoyé par la poste l'article d'un journal avec la photo de l'Esma, qui dénonçait déjà les horreurs. J'ai failli mourir de peur devant cette imprudence. Mon ami ne s'imaginait pas que si la police avait intercepté ce courrier, j'aurais été enlevée, torturée, puis assassinée. Il suffisait de recevoir ce genre de lettre pour subir le même sort que les Disparus. Je te l'ai déjà raconté, à la poste de la rue de Sèvres, quand je venais d'arriver à Paris ? Des policiers sont entrés dans le bureau où je faisais la queue, et moi quand je les ai vus, j'ai failli m'évanouir. J'ai mis du temps à pouvoir regarder un policier sans trembler, et même encore aujourd'hui, quand j'arrive à Buenos Aires et que le taxi nous emmène de l'aéroport à la maison et qu'il passe devant l'Esma, je ferme les yeux et je sens une douleur dans mon ventre et la nausée qui advient, même quarante ans après, rien n'a changé.

Ta fille, moi, j'ai reçu cette douleur, j'étais enfant, je ne savais rien. On passait devant l'Esma et j'entendais cette forêt cachée, honteuse, que tu taisais, mais pourquoi tu la taisais alors que je l'entendais en toi – tu hurlais et tu ne disais rien –, j'étais sans pouvoir, je voyais ton visage me révéler ta peur et me la refuser, tu ne voulais pas me dire ce qui t'assiégeait, maman, partagée entre l'indicible et tes adages clichés, que je détestais, *Il faut se blinder il faut passer à autre chose*, mais je respectais ta parole, sans comprendre, par devoir amour confiance obligation, et c'était toujours vain, je la ressentais horrible, ton épreuve, je te voyais souffrir. Nous gardions le silence. C'était moi la coupable, je me murmurais : sois patiente, attends, ta mère ne va pas bien, attends qu'elle se confie, attends, attends la vérité, et j'attendais, le cœur brisé par ta parole absente, jusqu'à ce que tu te libères, que tu témoignes enfin de ce que tu avais vécu, je te voulais simultanément sortie du cauchemar et de l'oubli.

La politique configure le destin

Ainsi la peur devint le sentiment central de la vie de ma mère. On dormait mal la nuit. Le probable et le réel s'entremêlaient constamment, on vivait de rumeurs et de tragédies, on craignait à son tour d'être enlevé chez soi, ou bien au bas de son immeuble ou dans sa rue, ou bien à l'université, à tout moment. Qui était sur les listes, qui n'y était pas ? On assassinait par fratries, par cercles d'amitiés ou de travail, peu importait, il n'y avait pas de logique à cette violence, à cette confiscation des vies : c'était au gré d'une dénonciation sommaire ou d'un malentendu.

Ma mère commençait à peine ses études supérieures, et déjà l'avenir semblait compromis.

Puis vint le 1er janvier 1978.

L'abandon et la ruine configurent le destin

Le réveillon eut lieu au bord de l'océan, dans la petite maison de Miramar. Le dernier repas de famille fut préparé par mon grand-père. Un bel *asado* (viande cuite sur de larges grilles, au feu de bois, ce qui la rend tout à la fois croquante, fondante et juteuse). Après le déjeuner, mon grand-père se sentit fatigué. Il fit une promenade avec ma mère le long de la jetée. Ils ne se dirent rien de particulier. Le soir, à l'heure du coucher, il émit un râle dans son lit. Ma mère se précipita dans sa chambre, qui se trouvait à côté de la sienne. Elle vit son père mort, subitement, les yeux encore ouverts. Le cœur venait de rompre.

Déflagration.

Renversement de la vie.

Ma mère avait dix-sept ans. Elle est sortie dans la nuit en criant à l'aide. Des voisins ont accouru, mais c'était trop tard. Elle coupa une mèche de ses cheveux qu'elle garderait toute sa vie avec elle, dans un mouchoir en coton ; elle a conservé aussi sa pipe.

En une soirée, elle se trouva sans père.

Ma grand-mère enseignait l'histoire au lycée, elle ne tenait pas les comptes, détestait gérer l'argent, n'en avait aucune idée. Sans le salaire de mon grand-père, qui était la source de revenu majoritaire, la famille fut ruinée en quelques mois. Il leur resta l'appartement de Buenos Aires et quelques maigres économies qui partirent en fumée. Ma mère abandonna ses projets d'études en biologie (elle s'était rêvée botaniste) et choisit un secteur où trouver rapidement un emploi. Elle travailla dès l'âge de vingt ans, avec le sentiment amer d'un deuil violent, injuste. Elle avait trouvé un poste administratif pour la compagnie aérienne argentine Aerolíneas Argentinas ; je n'ai jamais bien compris en quoi il consistait, si ce n'est qu'elle a participé à la création de l'aéroport du centre de Buenos Aires, Jorge Newbery, où décollent et atterrissent chaque jour les vols intérieurs. Elle m'a plusieurs fois confié à quel point elle avait souffert du mépris de ses supérieurs, de leur mentalité brutale.

Fuir était devenu plus qu'une idée : il fallait fuir pour survivre.

Oublier et partir.

L'exil configure le destin

Ma mère arriva en France, à Paris. Pourquoi la France, pourquoi Paris ? Le pays des Lumières. La ville-lumière. Paris, la beauté indécente. Paris, la liberté, Paris, le commencement. Il a fallu mener une guerre intérieure pour laisser les démons derrière soi ; ne plus se poser de questions ; s'intégrer parmi les Français ; parler leur langue, triompher, même à toute petite échelle – pour se prouver qu'il ne s'agissait pas d'une erreur, que la décision de changer d'hémisphère avait été la bonne : et la seule.

Est-ce qu'elle dormait correctement la nuit ? Est-ce qu'elle faisait des cauchemars, comme des années plus tard j'en ferais ?

Allait-elle les transmettre sans oser les ouvrir ?

Y a-t-il vraiment des familles qui souffrent moins que d'autres ? Est-ce une illusion ou une vérité ?

C'est alors que j'ai pensé à ce que m'avait raconté ma grand-mère, à propos d'une coutume du peuple guarani. Au nord de l'Argentine, dans la province de Misiones, bordant le Brésil et la forêt amazonienne, là où ma grand-mère est née, vit ce peuple amérindien ancestral. Ils sont installés dans la forêt depuis des millénaires et résistent depuis la fin du XXe siècle, comme ils peuvent, aux violences infligées par les politiques meurtrières de saccage environnemental, régulièrement chassés de leurs zones d'habitation, transformées en plantations de canne à sucre ou en fermes d'élevage intensif. Cette coutume est censée guérir de la tristesse et du mal de vivre : on organise une cérémonie où l'on sacrifie le nom d'un membre de la tribu. Il est ensuite nommé à nouveau, et ce changement de nom, cette renaissance par le nom, guérit l'âme blessée, la libère de la souffrance et de son destin maudit. Cet effacement du passé par le nom, est-ce cela la liberté ? Ne plus porter avec soi la mémoire de l'arbre : se déraciner pour vivre sans attaches dans le temps.

*

Les balles qui tuent sont celles qu'on n'entend pas

J'ai une vision, un souvenir me revient. J'ai seize ans peut-être. C'est le matin, mon père conduit, nous roulons dans la région montagneuse de Salta, au bord de la cordillère des Andes. Nous sommes si haut en altitude que nous surplombons les nuages. Après plusieurs heures de route dans les virages, il arrête la voiture devant une cabane en bois, perchée au bord du vide. Je vois, à quelques mètres, un garçon un peu plus jeune que moi, il a treize ou quatorze ans. Il se tient debout aux côtés de son père. Devant eux, un étal orné de quelques bouteilles de lait et de petits fromages de chèvre. Une vieille moto est posée contre des rondins de bois. Le père et le fils ont la peau hâlée, les yeux noirs dessinés en quart de lune.

Je suis hypnotisée par ce garçon qui me fixe durement, impérieusement. Il y a le vide immense derrière nous et son regard sombre, infini. Je pense alors que la beauté est sans limite et sans explication.

Elle est
l'instant même.

Ce regard posé sur moi a changé ma vie. J'ai pensé, quand nous sommes repartis : pour toujours il y aura quelqu'un sur cette montagne, quelqu'un dont je comprendrai le regard. Je ne serai plus jamais seule tant que ce garçon sera en vie dans ma mémoire. Et peu importe si je ne le revois pas, peu importe s'il n'y a pas eu de mots échangés. Il sera dans cet instant, capturé, et il continuera sa vie à l'intérieur de moi. Nous resterons ici sur cette montagne, et ce lieu, ce point dans mon cœur, je pourrai sans cesse le rejoindre : je pourrai y revenir. Nous nous regarderons et tout ce qu'il y a de la vie aura lieu ici et maintenant. Et ce sera ça, la vérité.

Je me suis fait une promesse ce jour-là, sur la montagne, je me suis dit Quand tu n'iras pas bien tu penseras à lui, tu penseras à ce regard et la nuit s'éclaircira, il sera ton étoile filante dans le ciel sombre, terrible, des soucis, de la peur et de la perte.

Plus jamais seule dans ce combat tu ne seras, plus jamais seule.

Nous n'avions pas la même vie, pas la même origine, pas la même culture, pas le même héritage, pas la même mémoire, mais nous nous sommes regardés, et par ce regard nous avons pris et reconnu en l'autre quelque chose de nous-mêmes.

Ne t'abîme pas dans l'Arbre, ne te détruis pas dans la quête de l'origine : l'origine est ici et maintenant dans ce regard.

Nous sommes des passants ; il faut accepter la limite de la lignée, la limite de l'identité, il faut accepter toute limite et ainsi tout dépassement de celle-ci.

Tu contiens des multitudes

Souvent je me suis rêvé des origines amérindiennes, du sang de la forêt de Misiones ou des montagnes de Salta. Est-ce si illégitime ?

Pourquoi ne serais-je pas aussi une enfant de la montagne de Salta ou de la forêt de Misiones ? Quelle est ma part argentine, ma part de la si majestueuse nature de cette terre du Sud ? Qu'ai-je hérité de la terre ocre de Misiones et de la chaleur désertique de Resistencia ? Quelque chose de cette nature sauvage avait dû passer en moi, dans mes veines et dans mes rêves nocturnes, dans ma mémoire et sur ma peau, sur la forme de mes yeux et sur leur couleur sombre ; je ressens cette part ancestrale, je la ressens en profondeur, sans pouvoir l'expliquer.

*

Au centre de la foire des supporters en larmes et du vacarme de la place, où l'enfer de la foule a depuis longtemps déjà mué en une comédie humaine dont il faut désormais s'extraire à tout prix, je me pose à l'instant la plus impossible et fondamentale question : à quel point puis-je me détacher de cette histoire? À quel point puis-je être libre?

Le monde se brise en morceaux devant nous

L'ignorance appelle l'ignorance et c'est comme ça que je panique, que ma tête explose et que tout devient question. Que suis-je venue faire dans cette procession? Et si tout cela n'était qu'un mensonge? La mise en scène d'un faux héros, d'une fausse légende; pourquoi, Maradona, pourquoi étais-tu autant aimé? Qu'est-ce qui peut justifier une telle folie d'adoration?

Je sais pourquoi je suis venue. Je voulais sentir battre le cœur de l'Argentine, sur le lieu même de sa naissance, et ainsi sentir battre le pouls de la mémoire de mes ancêtres.

4

L'impossible retour

Mon départ pour Cracovie fut préparé soigneusement. J'avais pris mes billets d'avion trois mois à l'avance, puis mes billets de bus de l'aéroport à la ville, car tout anticiper me rassure. J'avais réservé une chambre dans une pension et non dans un hôtel (cela me semblait plus adapté à la nature de mon voyage). J'avais choisi le quartier de Kazimierz, précisément là où est né mon grand-père. J'avais besoin d'être au plus près du lieu originel, à défaut de pouvoir m'en rapprocher temporellement. La présence d'un piano dans la salle à manger de la pension m'avait persuadée de loger dans celle-ci et non dans une autre, la difficulté émotionnelle du voyage pouvant être contrebalancée chaque soir par quelques instants de musique (jouer du piano m'apaise).

Je m'étais décidée à partir au mois de mai ; je redoutais le froid de l'hiver polonais mais aussi la sécheresse de son été. J'avais commencé à préparer mentalement ma valise plusieurs semaines à l'avance, visualisant comment chaque compartiment serait constitué, mais surtout quels livres et quelles chaussures j'emmènerais – livres et chaussures que j'élirais comme faisant partie d'un protocole de protection magique : protéger l'esprit et la partie du corps foulant le sol de la Pologne.

Bien entendu, j'avais aussi acheté mon ticket pour la visite du camp d'Auschwitz, et c'est une expression que je ne m'étais pas privée de répéter, au moins une centaine de fois : *j'ai mes billets pour Auschwitz*, tant l'absurde se mêlait au comique et au sordide. J'avais contacté quelqu'un qui avait contacté quelqu'un, puis un guide m'avait été recommandé : une catholique polonaise qui travaillait au camp (ou plutôt au musée, car Auschwitz n'est plus un camp, mais un musée-camp). Une personne très professionnelle, m'avait-on garanti, était donc chargée d'assurer la visite lors de ma venue – « comptez une demi-journée sur site », voilà ce qu'elle m'avait dit lors de nos échanges de courriels.

La nuit suivant la réception, par voie postale, de mon ticket d'entrée, j'avais fait un rêve, un rêve où je me transformais en oiseau migrateur : je survolais la France jusqu'à la Pologne, puis Cracovie, où je visitais Kazimierz, ensuite Auschwitz, toujours depuis le ciel, sans jamais toucher le sol, car j'avais pressenti une chaleur terrestre intense qui me brûlerait les ailes.

Au réveil, j'avais pensé à mon grand-père et à quel point il haïssait la Pologne, et avait répété, à maintes reprises, depuis Buenos Aires, que jamais, jamais il n'y remettrait les pieds, jamais il ne parlerait le polonais, et jamais il ne saluerait ce drapeau *entaché de crimes.*

Je n'ai pas eu la même vie que mon grand-père, et mon choix était fait : le monde a changé, je suis d'une autre génération, je suis libre, je suis prête.

Je voulais voir la Pologne.

*

Mais alors que la date du départ approchait – *plus que trois semaines, plus que deux semaines, plus que sept jours* – je me sentais de plus en plus *bizarre.* Des étourdissements dans la rue, une intranquillité (je voyais des ombres sur les côtés, je me retournais en marchant, pensant qu'on allait m'arrêter pour me demander quelque chose), je perdais l'appétit, je retrouvais des phobies anciennes – peur de l'ascenseur, vérification dix ou quinze fois que j'avais bien les clés avant de fermer la porte de l'appartement, dégoût des lignes séparant les pavés sur les trottoirs, répétition mentale de phrases parfaitement inutiles – et puis chose inhabituelle, à deux jours de partir, je ne parvenais toujours pas à me décider sur les livres à emporter. Allais-je oser prendre un exemplaire de la Torah ? Dans quelle traduction ? Et Franz Kafka, l'emmenait-on à Auschwitz ? Ou alors Arthur

Rimbaud et Marina Tsvetaeva, Daniel Mendelsohn, Timothy Snyder pour faire figure d'autorité – un peu de science historique ne ferait pas de mal pour rationaliser le séjour.

Jusqu'où iraient ces protections symboliques ? Quel crédit fallait-il leur accorder, et les livres ne se retourneraient-ils pas contre moi, telle une vengeance inattendue, une magie blanche devenue noire ?

Tu ne croyais tout de même pas nous infliger ce voyage !

La veille du départ, j'ai fermé la valise à roulettes et je l'ai placée devant l'entrée. J'ai préparé mes vêtements pour le lendemain, une paire de jeans et une chemise blanche, une saharienne (adaptée au printemps) et des chaussettes en coton. J'ai posé le tout sur une chaise, dans la disposition fantôme de mon corps.

Enfin, j'ai décidé de programmer trois sonneries de réveil, par précaution : 7 h 12, 7 h 19, 7 h 22. Mon téléphone était déchargé, je l'ai branché et je n'avais plus qu'à attendre quelques minutes afin qu'il se rallume pour entrer les horaires de réveil souhaités : j'allais le faire après dîner. Il était vingt et une heures, j'avais du temps avant d'aller dormir. J'allais cuisiner un repas léger – j'étais nouée, je n'avais pas faim – puis me laver, puis lire, puis méditer dans le noir, allongée, jusqu'à ce que le sommeil veuille bien de moi.

Mais quelque chose me dérangeait. Je me suis assise sur le canapé du salon : ma jambe droite s'agitait, tremblotait. Ce tic nerveux m'arrivait très rarement, et d'ailleurs m'agaçait quand je le remarquais chez les autres.

J'ai soupiré. Puis j'ai su ce qui manquait : de la musique. Le silence était pesant. Je voulais écouter du jazz. Je me suis donc levée et j'ai mis en marche la platine vinyle, sur laquelle était posé un 33 tours de Bill Evans. Je suis retournée m'asseoir et pendant quelques secondes tout est rentré dans l'ordre.

Puis ma jambe a recommencé son manège.

Mes yeux se sont portés vers un coin de la pièce où d'habitude je ne regardais pas : sous la bibliothèque. Il y avait un intervalle vide où se logeait régulièrement une couche de poussière. On y trouvait aussi, de temps à autre, un ou deux livres oubliés. Par curiosité, je me suis accroupie et j'ai regardé sous le meuble. Miracle (ou malédiction), j'ai remarqué une bouteille de vodka polonaise, neuve, encore empaquetée dans sa boîte en carton. Certainement une bonne bouteille, car je me suis souvenue qu'il s'agissait d'un cadeau que m'avait fait un ami originaire de Varsovie, pour mon anniversaire, il y a plusieurs années.

Évidemment, j'ai hésité. Je ne bois jamais d'alcool fort, et même si j'ai un faible pour la vodka, je m'en tiens éloignée. Et puis ce n'était pas raisonnable, trop risqué la veille d'un voyage. Il fallait être en forme, en forme olympique pour affronter l'aéroport (les transports aériens ne sont pas ce que je préfère). J'ai tout de même sorti la bouteille de sa boîte, juste pour voir à quoi elle ressemblait. Elle était tiède – or je le précise, j'aime la vodka très froide, presque glacée.

Allez juste un fond juste le fond d'un verre.

Pas question. Je me suis rassise. J'ai fermé les yeux et j'ai pensé *jazz*, j'ai pensé *Bill Evans.* J'ai inspiré profondément, pour reprendre mes esprits, pour me détendre.

J'imaginais le goût vanillé, corsé, amer, du spiritueux.

Juste un petit shot, pour fêter ton départ – le retour aux sources. Viens tremper tes lèvres.

La tentation devenait destinale : j'étais tombée sur cette bouteille de vodka polonaise la veille de mon voyage pour Cracovie. Inutile de réfléchir, inutile de douter : c'était un signe de la mémoire, un appel de mes ancêtres à trinquer en leur honneur.

Je me suis levée et, soulagée de toute culpabilité, j'ai pris un verre dans la cuisine et je me suis servi un fond microscopique. J'allais refermer le bouchon, et me suis reversé un peu plus de liquide – un réflexe familial de générosité.

Lehaïm

La soirée s'organisa dès lors selon un ordre immuable : le canapé – les vinyles – la bouteille. Je me levais, je déplaçais la cellule de la platine pour changer de morceau ou de disque, puis je me resservais un peu de vodka. Le volume des shots augmentait à mesure que mon attention et ma motricité déclinaient. J'allais ensuite me rasseoir sur le canapé, un sourire béat aux lèvres, ravie de cette fête clandestine et impromptue.

L'ivresse m'ouvrait à une autre dimension, me servait de brèche dans l'espace-temps ; je me mettais à converser avec des dizaines de personnes, vivantes et mortes, sans distinction. Avancer dans la nuit et dans la modulation de mon état naturel m'amenait à creuser ma vie intérieure, comme un archéologue découvrant couche après couche des ancestralités.

Je me suis réveillée le lendemain aux alentours de onze heures du matin, ivre morte.

J'ai mis plusieurs minutes à prendre conscience du lieu où je me trouvais, du jour, de l'heure et du fait catastrophique que j'avais raté mon avion – le premier vol de ma vie que j'aie manqué.

J'étais physiquement et moralement *anéantie*, et j'ai murmuré ce mot en ritournelle, pendant des heures.

J'étais en deuil de ce qui venait de ne pas avoir lieu, en deuil du retour avorté.

Quand j'ai compris que j'avais de moi-même aboli mon voyage, j'ai enfoncé mon visage dans l'oreiller et j'ai pleuré sans larmes. L'alcool avait anesthésié mon système nerveux. J'ai passé les vingt-quatre heures suivantes enfermée chez moi, les rideaux tirés, incapable de sentir mon corps et ma peau, dans une sorte de choc de silence, comme si le monde s'était intégralement revêtu de plâtre.

Il m'a fallu en passer par l'autodestruction physique pour admettre que je n'étais pas capable de faire le voyage que j'avais tant espéré. Mon corps avait dit *non* : il avait exprimé la mémoire de la douleur. J'avais probablement craint de trahir la promesse, *ne jamais y retourner, jamais plus.*

Nous ne pouvons pas aller aussi loin que nous le voudrions, avec la volonté. Le passé irrigue nos veines, il n'est pas un moment de notre histoire : il continue d'avoir lieu dans notre corps.

Un jour, peut-être, quand je serai suffisamment forte, quand je pourrai rire de mon passé, quand je pourrai surmonter ma mémoire, j'irai au-delà de Prague (le plus loin vers l'est où j'ai poussé jusqu'à maintenant) et je passerai la frontière en train, en voiture, à vélo, ou même à pied : je sentirai dans mes muscles et dans mes membres le franchissement.

5

Tu as trop de colère en toi mais tu ne te reconnais pas dans cette colère, m'écrit Eduardo Selva. Tu manquais de matière, entre ton intériorité et le monde, alors pour te protéger tu t'es revêtue d'une couche de colère, mais ce n'est pas elle que tu es, non tu n'es pas ta colère, et ce n'est pas tant de la colère que de la peur, la peur de ton soleil exposé à la vue de tous. Oui tu as peur de ta lumière ; et de ton impatience aussi : de ce désir de vivre que tu as, si catastrophiquement réparti.

Il dit J'ai arrêté d'être en colère quand je suis revenu de la guerre des Malouines. Après, je n'ai plus pu vivre cette émotion. J'étais plutôt dans l'éclat de rire et dans la haine, mais jamais dans la colère. La colère, je l'ai épuisée pendant les quatre semaines où j'ai servi dans cette sale guerre. La guerre la plus absurde, la plus inutile – non pas que les guerres soient utiles, mais il y en a des aberrantes, je dirais même des risibles, et cette guerre-là fut une atroce mauvaise blague. Ce ne sont pas les Anglais qui nous ont fait le plus de tort, ce sont nos propres supérieurs, ces gradés pervers, ces sordides crevards, qui nous ont débarqués aux Malouines sans préparation, et qui pour se venger de leur nullité et de leur honte se sont reportés sur leurs soldats, et nous ont torturés, comme des enfants en bas âge auxquels on peut tout infliger.

Ils m'ont fait manger mes excréments : ils les mettaient dans ma nourriture. Et le froid. La tête et les pieds et les mains dans l'eau glacée ; je me tordais de douleur. Je n'ai pas été le seul. Ils nous ont torturés un par un. Ils nous dénudaient dans le froid polaire et les camarades étaient forcés de nous uriner dessus.

J'ai vu des larmes couler des yeux de mes frères.

Je suis revenu détruit. Maigre, triste, terrassé – sans aucune envie de vivre. Je n'ai jamais parlé de cela, mais maintenant tu le sais. Je pense que ces tortures m'ont fait basculer à jamais dans la survie : j'ai survécu et depuis je survis chaque jour. Mais la colère, non, fini la colère, je n'ai plus aucune colère, et quand je suis révolté j'éclate en pleurs sans larmes, parce que je crois que cette guerre mensongère et ces tortures ont fait de moi un être vide.

Vide vide vide

Une guerre injuste et faussée comme seuls les fascistes en sont capables, une guerre fondée sur la promesse d'une nation forte et souveraine, ce que jamais nous n'aurons, ce que jamais nous ne serons.

Nous ne sommes pas une nation, l'Argentine n'est pas une nation, l'Argentine est une utopie, tout juste administrée ; l'Argentine est un territoire sublimé, fantasmé, un *impossible fait frontières*, une comédie transcendantale, un trip à l'acide fait Constitution, un rêve aristocratique catastrophe infinie !

En rentrant de la guerre, je me suis enfoncé dans l'amnésie. J'étais jeune, j'avais faim, et cette faim de la jeunesse je l'ai vécue, aimée. Elle fut d'autant plus dévorante pour moi que j'avais survécu. J'ai eu envie, envie, envie d'accomplir.

Je n'aurais jamais dû être écrivain : c'est la guerre qui m'a changé, qui a fait de moi une bouche hurlante.

Je suis entré dans le monde des lettres avec fureur, esprit et joie. Il fallait qu'une parole surgisse de la terre et non des murs, du sous-sol et non des hauteurs, qu'on sente cette terre et cette cendre dans chaque phrase. Il fallait déboulonner Borges et tout ce qu'il incarnait : balafrer l'idole, sa bibliothèque anglo-colonialiste, son érudition castratrice, sa position de prophète académique indétrônable, asphyxiante. J'y ai cru follement et je peux dire que j'ai été heureux dans l'écriture, et cet enthousiasme de la création m'a sauvé de l'infâme réalité qui me poursuivait – m'a tiré de cette guerre inoubliable, de ses déflagrations de violence qui revenaient chaque nuit dans mes cauchemars.

Je n'ai pas écrit le livre que je rêvais de lire, j'ai écrit un abysse, un objet céleste, dans lequel tu t'engouffres et dont tu ne reviens pas – une brèche qui te fait changer de temporalité – un lieu instantané d'au-delà où tu meurs d'intensité vivante, parce que c'est ça que j'aime plus que tout dans la littérature, c'est ça qui m'a sauvé, j'étais en train de mourir et j'ai décidé de me jeter dans le vide tandis que je construisais des clôtures pour encadrer mon suicide, et ces clôtures ont été mes phrases. Tant qu'à mourir, j'ai voulu mourir en traçant du langage. Je m'étais dit que ce serait mon testament, le futur deviendrait du passé en devenir, et le passé du présent, de la matière-source, de l'énergie solaire pour redonner des pulsations à mon cœur atrophié par l'enfer des Malouines. Quand tu vis dans l'envers de la Beauté, tu la ressens autrement, tu la penses entière, granitique, et elle surgit inversée, elle surgit par son dedans comme une peau retournée, elle apparaît nue, radioactive, elle devient un organisme à la fois nécessaire et mortel, tel un poison qui ressuscite.

J'ai transformé mon choc, et j'ai donné, donné, donné.

Mais sache-le, jamais tu ne reçois à la mesure de la traversée.

Et d'ailleurs peu importe la réception de ton travail : de ton *ouvrage*. Le monde réel n'a rien à voir avec lui. Ils s'aiment ou ils s'affrontent, fusionnent, se comprennent par interstices, par l'intermédiaire des lecteurs et de l'Esprit du temps, mais là n'est pas la question – ces deux formes de conscience n'évoluent pas dans les mêmes dimensions cosmiques, dans le même espace-temps, telles deux droites parallèles qui se prolongent côte à côte sans jamais se toucher.

Le vrai don, c'est la perte.

Mais la volonté et le rêve sont comme la pierre avec le vent, la roche avec les va-et-vient millénaires des marées. Les idéaux se polissent, les reliefs s'estompent et la matière s'égalise, tu le comprendras un jour, tout est en miroir dans le vivant. L'évolution d'une vie correspond à l'évolution géologique du monde. Et à son tour, notre Terre est fatiguée comme dans une vie on finit par se corrompre dans la fatigue née de la succession ininterrompue d'épreuves.

J'avais un feu en moi, j'avais le feu de l'innocence inentamée. Mais nos rêves et notre volonté se cognent et enfin se fracassent sur les parois du réel et de l'altérité. Ta résistance éprouve ses limites. Ce n'est pas de la faiblesse, il n'y a pas à en avoir peur, c'est seulement le continuum logique du fait même de vivre.

Ce d'où il y a génération des entités, en cela aussi se produit leur destruction, selon la nécessité, car elles se rendent les unes les autres justice et réparation de leur injustice, selon l'assignation du Temps.

C'est une des plus anciennes phrases au monde ; elle est d'Anaximandre ; relis-la souvent car elle recèle des trésors, elle est inépuisable, et elle t'aidera.

Plus tu avances, moins tu sais, et plus le langage se raréfie comme si tu entrais en période de sécheresse *sine die.*

Chaque mot est un défi une histoire une douleur ; la phrase devient une complexité métaphysique où l'insoluble te guette comme le ravin sur la lande : si tu t'approches de trop, tu tombes, mais si tu te tiens trop éloigné du bord, tu manques d'observer et de ressentir la magnificence du vide. Le doute devient ta terreur, les combinaisons de lettres qui forment des mots qui forment des phrases sont simultanément infinies et inexistantes parce que tu ne peux plus les saisir, et alors s'approche la folie, car tu n'as plus de maison. Tu n'as nulle part où *revenir*. Ta propre parole devient une langue étrangère à toi-même, ainsi que toute la tradition qui l'a accompagnée dans sa naissance. Littérature égale zéro, égale noir total, égale éclipse, égale feu de forêt, qui désormais ne te protège plus, ne te fait plus rêver, mais te brûle de l'intérieur.

Tu perds le sens du chemin, tu ne sais plus ce qu'est un livre – il devient ce rectangle obsolète rempli de signes absurdes et insensés.

Là commence la quête.

Tu te surprends à être seul. D'abord tu te révoltes, puis à force de crier, de geindre et de souffrir, tu entres dans la phase d'après : la lente acceptation. Il y a une sorte de soulagement. Ton cœur est un peu moins serré d'angoisse. Et ce qui te semblait le plus important au monde : le génie, la reconnaissance de tes pairs et de tes contemporains, le nombre de tes interactions dans la cité, tout cela s'effondre. Tu passes derrière l'écran et tu constates qu'il est sans épaisseur, rempli d'images qui en réalité n'existent pas.

L'écran est sans relief.

Alors, où est la vie ? Que peux-tu espérer ; que peux-tu ressentir ?

Jusqu'où peux-tu aller dans l'éveil ?

Écrire n'a plus rien à voir avec les mots.

Vivre n'est plus démontrer, imposer, acquérir : vivre devient être.

Il faut poursuivre ; ce que tu croyais pour toujours acquis n'est qu'un socle de brume, une illusion à sans cesse abattre.

Tu veux, tu dois avancer, creuser les profondeurs, quand bien même cette force mystérieuse tu ne la comprends pas et qu'elle te déborde.

Il faut aller plus loin dans la naissance.

Alors tu te replonges dans tes lectures les plus bouleversantes, et tu te mets à *surveiller* tes contemporains. Tu ouvres les livres non plus tant pour t'abreuver que pour partir en chasse. Tu scrutes, attentif aux motifs, aux faiblesses, aux éblouissements, tu veux que ça *décolle*, tu attends comme l'oiseau de proie, nécessairement, d'éprouver ce frisson – tu exiges d'être emporté, modifié par une lecture, et pourtant, c'est aussi ta menace : une sueur te parcourt lorsque tu tombes nez à nez avec la grandeur. L'émotion ressentie est effroyable, ambiguë. Il y a le mélange d'excitation et de peur ; la joie sans limite d'assister au surgissement de la beauté. Tu jubiles puis tu t'inquiètes : tu te dis *Et si je n'arrive pas à me hisser jusqu'à ces mêmes sphères, et si l'absolu ne veut pas de moi ?* Oublie, oublie, oublie : toute comparaison sera ta fin.

J'ai été obsédé par la reconnaissance. Je l'ai eue, ma période beethovénienne, je peux dire que je m'y suis enfoncé narcissiquement à fond. C'était la gloire ou la mort. L'absolu ou la mort. Et peu importe l'ampleur du succès, les prix, les compliments, plus j'étais choyé plus je me comparais, et plus je me comparais et plus malade je me rendais, jusqu'à finir par comprendre que ce que l'on me donnait je n'en voulais même pas.

J'avais faim et soif d'autre chose, de quelque chose qui *n'existe pas* dans le visible.

Pareil pour la postérité. J'ai fait mes armes dans la tradition littéraire du passage de flambeau – j'étais sensible à l'admiration de mes pairs, et aussi persuadé qu'il fallait que ma littérature me survive, et même, je m'étais dit à vingt-cinq ans, au retour de la guerre : il faut qu'on me lise dans deux cents ans, après je ne réponds plus de rien, mais deux cents ans c'est ce qui est nécessaire, parce que suffisamment ambitieux.

Mais les blessures ont labouré mon existence, et inévitablement j'en suis revenu. Les chagrins d'amour, les échecs artistiques, la perte foudroyante de proches : tout cela m'a changé, je dirais même cellulairement.

Perdre a été ma chance. Perdre m'a permis d'aller plus loin. Perdre m'a donné accès à des strates plus profondes.

J'ai fini par peu à peu me détourner du règne de l'image et de la mainmise que mon reflet avait sur moi. J'ai compris la fausseté, la superficialité de mon regard sur l'existence. Je voyais tout par *écran.* Et ainsi l'image m'a traversé – ou ai-je traversé l'image ? Quel rôle joue la volonté dans cet abandon ? – et ce fut une vision cauchemardesque de vérité : il n'y a rien dans l'image pour toi et elle ne pourra pas te sauver.

Une fois que tu auras connu cet éveil, si tu as la chance de le connaître, même une seule fois, tu dois te souvenir : *maintenant est tout ce qui existe.* C'est ce qu'il y a à écrire – que cela soit au passé, au présent, ou au futur.

Le chef-d'œuvre n'est pas la question. Le génie n'est pas la question. Ces notions sont vides comme l'écran qui, derrière, est sans relief. Ne tombe pas dans ce piège. Ne laisse pas ton ego te détruire.

Je n'ai pas eu d'enfant et je ne sais si c'est une triste ou heureuse destinée. La vie ne m'a pas accordé cette succession de la chair, ou peut-être ne l'ai-je pas demandé à la vie, peut-être mon état de silence a-t-il suffi à signer mon refus. J'ai été pris par d'autres naissances et d'autres développements – sans doute trop occupé à river mes yeux et mon inquiétude sur les constellations tordues de l'écriture et de la création. Je me suis laissé absorber intégralement par l'invisible que j'ai constitué nuit et jour, comme l'artisan travaille la matière au rythme des cycles de lune et de soleil, matière vaine ou miraculeuse, ambitieuse ou désespérée, ce n'est pas grave, cela n'a pas d'importance, seul compte le geste, l'accomplissement de l'action (le résultat est toujours de l'inachevé en mouvement).

Fallait-il enfanter, ne pas enfanter, dans ce monde qui s'épuise et cette époque qui hurle la fin de ses ressources comme un ventre gorgé de métastases hurle sa douleur, ai-je manqué quelque chose de crucial, une expérience sacrée du vivant ? Mon père me l'avait dit sur son lit de mort, il m'avait supplié, *Deviens père, une vie sans enfant est une vie gâchée*, ce genre d'affirmation terrible, d'une débilité sans fond, m'a pourtant marqué, je ne l'oublierai pas, car on ne peut que se poser la question sans détour, puisque mettre au monde c'est aller dans le sens naturel de notre fonction biologique, et ainsi accomplir génitalement notre destin, c'est du moins ce que pendant des milliers d'années l'espèce fut poussée à croire (du reste, je ne serais pas ici et maintenant en train de le penser si bien sûr l'humanité n'avait pas fait de cet argument d'autorité suprême la seule vraie raison de notre survie en tant qu'espèce).

Je ne suis ni le fils ni le père de mes œuvres, ce genre de phrase m'a toujours frappé par sa bêtise, et la vérité est que je n'ai jamais pu me relever de l'enfance, je dirai même : je suis demeuré un enfant, et peut-être est-ce la raison de ma non-descendance, par-delà le fait que j'ai mis du temps à accepter d'être vivant et à être en paix avec cela, car mon Dieu, j'en ai voulu à ma mère de m'avoir donné naissance. Le *monde des adultes* (j'aime bien l'appeler ainsi), je ne m'y suis jamais fait, je m'y invite par saccades, à reculons, et nécessairement j'y fais des sauts comme on met les pieds au supermarché, toujours le moins longtemps possible, parce qu'il y a quelque chose d'aberrant, de foireux, d'incongru, je ne sais comment le formuler : c'est du théâtre et de l'anonymat en fusion, un vaste aquarium de requins et de petits poissons perdus entre quatre parois de verre, observés à la rigolade, justement, par les enfants, qui trouvent cela bien mystérieux, pour ne pas dire incompréhensible et même un peu effrayant.

Mais j'ai choisi. Et la dimension du choix est fondamentale. Il n'y a pas de bon ou de mauvais choix, il n'y a de vrai que le choix nécessaire à la vie que tu es appelé à mener – appelé par qui ou par quelle force, qui pourrait l'affirmer définitivement ? – et ce choix, lorsqu'il est fait (ou qu'il se fait pour toi, est-ce réellement important de le savoir ?) doit être entendu, et ainsi aimé et accepté jusque dans sa limite.

La limite n'est pas ton ennemie, elle est le gouvernail, la ligne du cercle délimitant l'inconnu du chemin.

C'est l'amour qui te sauvera du cauchemar de l'Histoire et de la dureté de tes nuits, c'est l'amour, pour un corps, pour la mémoire, pour un instant, pour un regard, pour une pensée, pour un matin, pour une personne, c'est l'amour jamais renoncé pour cette vie imparfaite, nervurée de désirs et de déceptions – un combat de chaque jour. Souviens-toi qu'elle t'a été offerte, et non pas infligée. Souviens-toi du don que tu as reçu, ne la prends pas pour ce qu'elle n'est, une malédiction, la vie est ta chance première, ton horizon, ta corde assurée dans l'abîme. Fais-lui confiance comme tu ferais confiance à ta famille, la famille qui t'a choisie. Ta confiance dans ton choix et sa limite est ce qui t'ouvrira à la pureté de cette vie.

Préserve à tout prix ton innocence. Et dans cette logique, toujours, garde la foi, car c'est la plus précieuse des choses : ne te fie pas au règne de la statistique et du chiffre, place toujours la lettre avant le nombre, la chance avant la fatalité ; parie sur l'inconnu, parie sur l'incommensurable, même si cela en notre temps nous semble absurde, ce n'est pas vain.

Vivre n'est pas un miroir, pas une image.

Vivre est illimité, à l'intérieur même de la limite,

vivre est illimité, et j'ai souvent ce souvenir de la vague de Leibniz, constituée d'une infinité de gouttes d'eau dans une forme finie.

Tu ne pourras aimer, ressentir, respirer la vie que si tu entends, en ton âme et corps, que l'image est un figement : elle assèche, déminéralise, éteint la foi et le désir.

Écris et vis pour cet illimité. Écris et vis en traversant l'image. Ce sera toujours à refaire : traverser traverser traverser. Ce n'est pas une illusion, il y a bel et bien un trésor en nous, tout autour, et il croît au-delà de l'écran. Il faut laisser derrière soi les visages, les sentiments, les rencontres, il faut laisser le temps t'échapper, accepter définitivement qu'il ne t'appartient pas : tu ne pourras pas emmener la vie avec toi. Nous sommes des particules vulnérables et non des maîtres du temps.

6

Le soir tombe lentement sur Buenos Aires. Les feuilles des longs arbres frémissent loin au-dessus des têtes, caressées par le vent venant du fleuve, qui strie l'air de *mèches de fraîcheur* dès l'apparition de la lune. Un bal d'ombres végétales évolue sur la pierre haussmannienne, tantôt laiteuse, tantôt noircie, des immeubles du centre. Entre eux, irrégulières et immenses, jaillissent des tours de verre et de ciment ; elles se tendent vers les nuages, et cette faune d'architectures, en apparence désordonnée, fusionne suavement avec les couleurs bleutées, chimériques, de la nuit. Je viens de relire la lettre d'Eduardo Selva ; je la garde dans la doublure de ma veste. Ce sont les derniers mots qu'il m'a adressés avant de mourir. Je l'ai reçue par la poste, quelques jours après son décès. Eduardo Selva est mort le 25 novembre de l'année dernière, soit un an jour pour jour avant Diego Maradona.

Eduardo Selva, le grand écrivain argentin, à l'œuvre injustement méconnue au-delà des cercles littéraires obscurs, et dont la postérité n'aura pas lieu devant l'amnésie des temps, car rien ne demeure, encore moins aujourd'hui. Le jour de la mort d'Eduardo Selva, personne n'a pleuré, ne s'est rassemblé par le chant et la veillée. Il n'y a pas eu de funérailles nationales, à peine une demi-page, la semaine suivante, dans le supplément culturel d'un quotidien (le plus exigeant, aussi le moins lu). Et dire qu'il détestait le football : le seul Argentin que j'ai connu qui détestait le football aussi profondément qu'intimement, tout en connaissant le football comme jamais je n'ai vu un écrivain connaître un sport – son histoire, ses règles, sa symbolique, comme il l'aurait fait pour une religion monothéiste. Eduardo Selva détestait le football, et par conséquent méprisait son incarnation suprême, Diego Maradona. Le destin fait drôlement les choses, puisqu'ils sont morts le même jour, à un an près. Eduardo Selva est parti en premier, et Dieu merci, je pense, car Selva n'aurait pas supporté l'hystérie continue des dernières vingt-quatre heures. Il aurait fermé ses volets de l'avenue Gaspar Campos, il se serait carapaté avec ses trois chiens et aurait probablement vidé les bouteilles d'alcool qui traînaient dans les placards de la cuisine, une *rechute* désirée, justifiée et légitime. « Ainsi va le monde, ce n'est pas la faute de qui que ce soit, ou peut-être est-ce tout simplement la faute aux abrutis, aux cyniques, et aux sourds, parce que soyons honnêtes, ils sont majoritaires », voilà ce qu'aurait dit tout haut Eduardo tout en trinquant à la littérature, à sa *traître passion* comme il la nommait, et à laquelle, malgré toutes les tentatives de décrochage, il n'a jamais pu renoncer. J'entends si clairement sa voix grave, éraillée par des décennies de tabagie compulsive, mais chantante, teintée d'une défiance qui n'était pas étrangère au triomphe de la joie.

Il est possible que j'aie projeté sur Selva une image, l'image même du grand écrivain maudit, du génie radicalement esseulé, en guerre contre le monde, étranger parmi les siens et engagé dans une destinée sacrificielle.

Je me rappelle la première fois que je suis allée chez lui : un deux-pièces sur cour au premier étage, dans le quartier de Caballito. Il laissait toujours ses chiens dormir dans sa petite véranda. L'appartement était littéralement envahi par les livres. Étagères, bureau, piles à même la moquette, y compris dans la cuisine et sur le balcon.

Mais Eduardo Selva a évolué dans autre chose que la vie. Il a toujours cherché ailleurs que dans le visible la sève de son existence et, je le crois, c'est ce qui nous a liés.

Je suis passée tout à l'heure devant El Cuartito, une institution buenos-airienne, aux murs tapissés de photographies signées de joueurs de football de l'équipe argentine, de l'équipe de Boca et des Newell's Old Boys, et d'autres vieilles photos en noir et blanc de chanteurs de tango (en vedette, tel l'ange gardien du lieu, le *tanguero* Carlos Gardel). Dans cet endroit continuent de se côtoyer toutes les générations, à n'importe quelle heure du jour et de la nuit, généralement autour d'une *fugazzeta* dégoulinante de fromage – la pizza nationale. J'y rejoignais souvent Eduardo. Il aimait manger debout et rapidement. Nous nous mettions au comptoir. Nos conversations fonctionnaient par blocs de rigolades, d'éblouissements et de confessions. Nous partagions idées, douleurs, souvenirs, lectures et rêves de la veille.

*

Ce soir, Martha Argerich est attendue en quatuor au théâtre Colón, les Rolling Stones sont de passage au stade River Plate, et le match de l'équipe de Boca, à la Bombonera, promet d'être légendaire : on peut s'imaginer les milliers de supporters en feu et en larmes, pétris de tristesse pour le héros de l'Argentine.

Les messes de minuit seront bondées, les églises laisseront leurs portes grandes ouvertes. On y célébrera par des chants festifs le dieu du football, la Vierge et le pape argentin ; la ferveur des fidèles se mêlera au vacarme de la circulation ; aux portes des synagogues libérales du quartier de Palermo et de Belgrano, les jeunes gens afflueront, au sortir du dîner familial de shabbat.

Dans les gares, les trains et les autobus de banlieue déjà se remplissent. Les travailleurs du jour rentrent chez eux, dans les quartiers populaires de la province et dans les favelas, tandis que ceux de la nuit arrivent, et ce bal des souffrances maintient la ville en permanente activité.

Au milieu des croisements de voyageurs, on verra des enfants sans foyer errer toute la soirée en sandales, désœuvrés, entrechoquant leur solitude, les pieds et les mains enveloppés de crasse. Certains auront des croûtes sur les jambes, effet des ravages de l'addiction à la colle. Ils attendront que les chauffeurs veuillent bien leur donner les quelques restes de nourriture invendue. Leur sommeil sera fragmenté, composé de tranches de somnolence ; ils dormiront adossés à des poteaux en béton, et leurs vêtements souillés, recouvrant les quelques trouvailles des dernières heures, leur serviront d'oreiller.

À l'hippodrome du centre-ville, les chevaux se préparent au départ des courses de plat. Les visiteurs seront priés de troquer leurs baskets pour des chaussures de ville, avant d'accéder aux tribunes. En contrebas du champ équestre, dans les machines à sous du casino, des retraités et des touristes passeront la nuit à flamber pesos, dollars, et toute espérance.

Puerto Madero, jadis vieux port désaffecté, se transformera, le temps du dîner, en une vaste cantine de luxe pour clientèle internationale. Dans ses trois meilleurs restaurants de viande, on y croisera des personnages politiques, des dirigeants de l'industrie agroalimentaire et des stars de la télévision.

Palermo a beaucoup changé, défiguré par le tourisme, envahi par les restaurants de hamburgers, de tacos, et les boutiques de vêtements fabriqués en Chine; la jeunesse de la capitale sortira plutôt ce soir dans Almagro et dans Chacarita – un peu comme les amoureux du Marais parisien ont peu à peu migré vers le dixième arrondissement – et qui sait quel sera, dans quelques années, le prochain quartier à la mode.

La plupart des restaurants ne seront pas fréquentés avant vingt-deux heures; les bars ne sont pas encore ouverts. Au dîner, on servira de la viande cuite au feu de bois, *bife de chorizo, ojo de bife, matambre de cerdo*, ou bien des pizzas, ou bien des *empanadas* fourrées aux épinards, au poulet, au fromage, à la viande. On boira du vin – *Cabernet ou malbec?* – ou de la bière industrielle, la Quilmes, ou peut-être, et de plus en plus, de la bière artisanale, que l'on prononce à l'américaine, *craft beer*, tout comme le vin naturel, *natural wine*, parce que cela fait plus chic. Et sinon, du Fernet-Coca, la boisson préférée du pays.

Mon ombre longe le mur d'enceinte de l'illustre cimetière de la Recoleta, où sont enterrés les personnages immortels de la nation. La dépouille d'Eva Perón repose là, non loin de celle de l'écrivaine Silvina Ocampo, accompagnée de son époux, l'écrivain magicien Adolfo Bioy Casares, et de toute une succession de présidents, de militaires, de boxeurs, de peintres, d'actrices et de prix Nobel : le prestige de l'Argentine.

Je marche sans être attendue. J'ai bien reçu quelques propositions : une pizza entre amis à Almagro, un concert de jazz vers vingt-trois heures, mais ce soir j'ai décliné, je porte une entaille dans le cœur, comme si j'étais en deuil, mais pas en deuil d'un footballeur, plutôt en deuil de ma propre naissance. Je vais rentrer à pied jusqu'à Belgrano et passer la soirée sur le balcon, à regarder le bleu saphir du ciel, parsemé du clignotement des lumières de la ville.

Je me dis qu'il est possible que je sois en train de vivre les dernières heures de mon existence. C'est une pensée que j'aime entretenir : j'ai remarqué qu'elle rend le moment vécu plus intense, parce que décisif. Mais c'est peut-être, après tout, lié à l'atmosphère provoquée par la nuit : la Buenos Aires nocturne porte dans son essence une suspension du temps.

Alors que je traverse la *Plaza Francia*, mon regard et mon ouïe sont attirés par un kiosque à musique. Je reconnais la voix de Carlos Gardel qui chante *Volver*, elle provient d'une petite enceinte posée au bord de la piste. Des amateurs de tango sont rassemblés sous le kiosque. Les couples s'enlacent dans une tension érotique ; c'est le mystère et la beauté de cette danse. Je me rapproche de la musique et des mouvements. Les jambes nues des femmes montent, descendent, puis glissent, courbées, derrière les genoux de leur partenaire, dessinant des labyrinthes obliques ; les pas de danse ne sont pas décidés à l'avance, c'est la loi du tango, seul l'instinct du désir conduit les corps; c'est sombre, ardent, les peaux ensorcelées tapissent l'espace qui les entoure – les danseurs accélèrent au ralenti, et le monde autour d'eux devient *leur* monde.

Les suivre du regard, c'est laisser en soi grandir une irrépressible envie de faire l'amour : c'est, à travers eux, sortir du temps.

Cette danse est Buenos Aires : son âme, son histoire. On y entend l'amertume de l'exil et l'espoir enseveli. La dureté, la tendresse, la folie d'un eldorado de promesses et de roublardise, la conquête d'un nouveau continent, autant que le regret de la vie laissée derrière, dans le fantôme de l'Europe qui poursuit les immigrés, bien après leur arrivée au port de La Plata. On y retrouve les échos des airs de rue napolitains, le folklore espagnol, la Belle Époque parisienne, et le néoclassique viennois.

J'aime intimement cette musique, j'aime de passion ses larmes, sa lumière, sa cruauté burlesque, qui s'y sont agrégées par générations de musiciens et de danseurs, depuis le début du siècle dernier, jusqu'à maintenant : c'est une musique vivante, soumise aux évolutions de la mémoire.

Je ne résiste pas à chanter à voix basse le tango de Gardel, et la mélodie qui émane timidement de ma gorge devient une longue respiration de l'enfance; je me revois dans la salle de bains, observant ma mère qui se coiffe en chantant le même air. Quand elle chantait du tango, son visage se transfigurait, je pouvais voir son sourire instantanément éclore.

Volver
Con la frente marchita
Las nieves del tiempo platearon mi sien
Sentir
Que es un soplo la vida
Que veinte años no es nada
Que febril la mirada
Errante en las sombras, te busca y te nombra

Et maintenant, quand je chante, quand j'entre dans la musique, je ne suis plus personne : c'est comme si je devenais de l'eau. Le chant est le commencement de ma mémoire. J'ai chanté avant de parler, et la musique a pris la forme pour moi du nucléus, de la poésie la plus nue, dépourvue de concept, dépourvue de syntaxe – c'était comme s'allonger dans l'existence et se laisser naturellement tomber dans un espace sans images, une consolation immédiate, enveloppante ; je pouvais fermer les yeux, cesser toute pensée, calcul ou anticipation des mots et de l'action.

J'ai le souvenir de la peur qui s'est agrippée à moi il y a quelques années : celle de l'épuisement des combinaisons de mots, de suites d'accords, de mélodies. Comment les vingt-six lettres de l'alphabet peuvent-elles encore donner naissance à de nouvelles phrases ?

Les phrases peuvent-elles se poursuivre à l'infini ? Il en va de même pour la musique ; comment se fait-il que les mélodies n'aient pas déjà toutes été composées ? Comment peut-on encore parvenir à explorer les sept touches blanches et les cinq touches noires d'un piano ?

Ce gouffre du mutisme qui a failli m'anéantir.

Il a fallu une peinture et non un livre pour me redonner foi dans le langage.

C'était à Rome, il y a deux ans. Je n'avais pas écrit depuis quinze mois – pas même un mot la nuit. Pas une seule pensée nocturne, pas une seule phrase. Mon intériorité était proche de l'extinction. C'était le désert, la soif : la soif qui mène à l'arrêt de la vie.

Même la lecture était devenue une épreuve, un inconfort, et suscitait en moi une peur irrationnelle. Les livres que j'aimais tant, mes compagnons, aussi bien les friandises que les chefs-d'œuvre : tout me tombait des mains. Mes yeux tremblaient sur la page. J'avais l'affolement des signes. Je relisais vingt fois la même phrase, et chaque mot se désolidarisait du suivant, tel un déraillement continu de l'ensemble.

Le monde était sous cloche. Je ne me sentais plus y appartenir ; j'étais enfermée au-dehors de ma conscience, ou pour le dire un peu niaisement j'avais perdu les clés de ma maison mentale.

J'errais de nuit dans le parc près du pavillon où j'avais posé mes valises pour quatre saisons, autour d'un magistral palais, sur les hauteurs de la ville. Je mesurais mon privilège, et pourtant ce splendide isolement m'enfonçait dans une amertume à peu près égale à la magnificence du lieu et de ma chance.

Je vivais dans un orgueil coupable.

Souvent, vers deux ou trois heures du matin, quand les habitants et les pensionnaires dormaient, j'allais m'asseoir en tailleur face à la fontaine du Mercure de Giambologna, devant la façade éclairée du palais. Je fixais l'immensité sublime de cette construction Renaissance, et sa beauté était si entière, si indubitable, que j'échouais *totalement* à la saisir par le regard. C'était comme si je regardais ma propre vision, et non pas l'objet de cette vision. Il m'arrivait de prononcer la phrase de Gilles Deleuze dans *L'Abécédaire*, de la prononcer intérieurement en boucle :

Quelque chose risque de me briser
C'est trop grand
C'est trop grand pour moi

C'était un débordement de beauté que l'existence ne pouvait pas contenir.

J'ai marché dans Rome pendant douze mois. C'était peut-être la plus exacte définition de mon année romaine : la marche.

Mais un événement m'a attrapée au vol dans ma perdition, et cet événement a pris la forme d'un tableau, puis d'un deuxième, et c'est un univers dans lequel je suis tombée et qui en retour m'a tirée de l'abîme, comme une nacelle miraculeuse, et m'a sortie du mutisme et de l'effondrement de mon espérance dans l'art et sa puissance.

C'était dans un musée, entre deux errances d'automne. Je me promenais dans la galerie d'art moderne et contemporain, près de la villa Borghèse. Le choc fut inattendu et immédiat – systolique, au sens propre. J'ai senti mon cœur se gonfler de sang et ses palpitations descendre jusqu'à mes phalanges, jusqu'à mon sexe et jusqu'à l'ultime nervure de mes pieds, tel un flux d'ivresse s'engouffrant simultanément dans chaque veine du corps. Impossible de dire la génialité du tableau devant lequel je me trouvais, mais ce fut une évidence, aussi évident que l'amour qui éclot – que le fait, précisément, de *tomber* amoureux, car je venais de tomber dans un puits de lumière renversé vers le ciel, où du fond de ma détresse éclatait enfin la généreuse folie de l'art, le primitif et le sophistiqué, la spectaculaire naissance de la parole (je ne trouverai jamais les bons mots). Il y avait le rouge du sang et de la lave, le jaune de l'astre solaire, des abeilles et des champs d'acacia, le marron obscur de la matière fécale, le gris baudelairien du spleen de l'Europe ; il y avait l'Histoire et l'instant, il y avait la Grèce d'Athéna et l'Italie de Vénus, la Renaissance marbrée et les torsions baroques, il y avait l'enfance heureuse et l'ultraviolence du siècle, la brisure kafkaïenne – *la hache qui brise la mer gelée en nous* –, oui ce fut la glace et la brûlure, l'impossible déverrouillant l'accès à l'entièreté du monde, animaux, humains, végétaux, bactéries, désormais tous les mots étaient dans ma bouche, toutes les virgules et tous les points, l'infini possible des combinaisons : j'avais recouvré l'alphabet.

Je venais de retrouver un souffle.

Ce fut semblable à la catastrophe qui libère la mémoire ; à ces fossiles millénaires dévoilés sur les glaciers lors de la fonte des neiges éternelles, signe direct du réchauffement climatique ; le dévoilement cruel, prophétique de l'ancestralité à partir de la dévastation. Le cristal oxydé et tranchant de l'enfance, qui me griffait les nerfs et confisquait mon avenir (j'étais hantée par elle), ce cristal se polissait soudain, et se polit encore dès que je me remémore la peinture de cet homme-monde, de cet être-monstre – il est devenu une guérison.

À partir de là, j'ai pu réapprendre, lentement, à penser, à parler, à lire – à vivre. Le savoir s'est déplacé. L'hubris s'est fondue dans l'éros. J'ai senti ma vulnérabilité s'épanouir et ainsi la sève de mon amour pour la vie se fortifier. La science d'Apollon et la musicalité de Dionysos n'étaient plus contradictoires, elles étaient la fusion nécessaire à la paix et au don de soi-même. Écrire, écrire, écrire, ce ne serait plus le combat de la grammaire et de la fureur, ce serait l'au-delà du sucré et du salé, de l'amer et de l'acide, ce serait le simple traversé par l'alchimie.

Elle est retrouvée.
Quoi ? – L'éternité.
C'est la mer allée
Avec le soleil.

*

J'ai presque tout voulu savoir de lui. À commencer par son nom.

Cy Twombly.
Pourquoi Cy ?
Cyrus.
Non.
Cy pour *Cyclone*.

Edwin Parker Twombly Junior, fils d'Edwin Parker Twombly, joueur de base-ball pour les Chicago White Sox, club de ligue majeure depuis 1901. Il avait repris le surnom du lanceur Denton True Young, dit « Cy Young » pour le Cyclone – il lançait à la vitesse de l'éclair et de manière liftée, détruisant souvent les clôtures du terrain comme si un cyclone les avait fendues.

Comment passe-t-on du sport à la peinture en une génération ?

En toute logique.

La précision, le corps, la discipline et l'infini de la performance.

Athlètes expérimentés

Cy Twombly a appris à peindre dans le noir. Il voulait détacher la main de l'œil, le geste du regard. C'était la nécessité d'une *cosa mentale*, comme lorsque Glenn Gould s'entraînait sur son Steinway pendant qu'on passait l'aspirateur.

Il fallait dépasser la forme et l'image pour accomplir l'essence de la matière.

En se détachant de l'image et de son écran, la beauté enfin prenait corps.

Le virtuel se renversait. La chose mentale devenait chair, opulence, sensualité. L'art de Cy Twombly, l'art de Glenn Gould – il y avait chez ces deux artistes qui comptent tant pour moi un même passage du mental à l'excès charnel : le jaillissement de la substance à partir de l'invisible.

C'était l'eau changée en vin par l'opération de la prière.

C'était la diffraction nécessaire à l'incarnation : c'était fermer les yeux pour jouir.

J'ai compris pourquoi je m'étais murée dans le silence. Il m'avait fallu accomplir ce silence, parcourir un étroit chemin pour mieux comprendre sa nature. J'avais écrit, écouté, parlé ce silence – l'équivalent du dessin et de la peinture dans le noir pour Twombly. Endurer cette béance de la parole, c'était solidifier ma voix, préciser son spectre. Il m'avait fallu oublier toute structure, intention, concept, pour pouvoir y revenir, depuis *l'autre* rive.

La cruauté du silence et l'incertitude de l'instant *sont* la vie. J'avais dû apprendre à les accepter, à les accueillir : à les aimer.

À l'arrivée du printemps, je me suis rendue sur la côte italienne à soixante kilomètres au nord de Naples, à Gaeta, là où Cy Twombly avait une maison où il venait peindre, une large partie de l'année.

Ce fut mon pèlerinage.

La ville est étrange, millénaire et antique – Cicéron y fut assassiné –, mais sert depuis 1967 de base militaire à l'OTAN. On y croise aussi bien des touristes venus profiter de la plage que des soldats en exercice. De somptueuses propriétés du XVIIIe siècle, perchées sur les hauteurs, cohabitent avec des barres d'immeubles construites pour abriter les familles de militaires. On y trouve de bons restaurants, mais aussi, en plein centre-ville et non loin de la cathédrale, un supermarché de *hard discount* entouré d'un immense parking toujours vide, à côté d'un terrain de football laissé à l'abandon.

Le médiocre, le sublime, la misère, la grandeur.

J'ai monté l'allée qui menait à la maison et au jardin de Cy Twombly et de son compagnon, Nicola Del

Roscio, et cette montée fut pour moi une naissance. La propriété, un palais du XVIIe siècle, était entourée d'un jardin botanique à la flore rare et précieuse, luxuriante – l'univers du *Guépard* de Lampedusa n'était jamais loin.

Monter vers cette maison était la métaphore du chemin de la création. J'étais persuadée que Cy Twombly y avait pensé à de multiples reprises, voilà peut-être même pourquoi il avait emménagé ici, sur les hauteurs de Gaeta, au bout de ce chemin de terre qui montait, montait, si longuement, en lacet : c'était un parcours initiatique, une ascension qui demandait autant de volonté que de désir, même s'il n'y avait nulle victoire finale, nulle récompense aussi légitime que la montée du chemin.

Il n'était plus de ce monde quand je suis allée à Gaeta (il est mort à Rome en 2011) mais je m'étais cependant préparée à aller à sa rencontre, à m'adresser à lui. J'avais passé des heures, dans ma maison romaine, sur le banc de bois au milieu du jardin, la nuit, à contempler la pureté des étoiles entre les ombres des pins parasols et à lui parler en pensée, parfois jusqu'au murmure. Il était devenu mon allié, un frère, un transmetteur, et j'ai passé ainsi le reste de l'année à lui adresser la parole au travers de lettres que j'écrivais dans des carnets, en quelque sorte une correspondance impossible, virtuelle, mais dont l'écho imaginaire me permettait de grandir.

Cette année-là, le soir du 25 avril, le jour de l'anniversaire de Twombly, aux alentours de vingt-trois heures, un très violent orage éclata – le plus violent que j'aie connu. Un déluge se déversa sur les pavés de la ville, et depuis la terrasse du palais on avait pu voir la foudre s'abattre sur Rome, et de fins fils lumineux cligner sans cesse dans le ciel cobalt.

Quelque chose s'était métamorphosé, en moi et dans le ciel : la nature affirmait sa violence, s'était mise à hurler de jouissance et de douleur.

J'ai vu, dans ces arborescences électriques, le miroir de la peinture de Twombly : j'ai vu dans le ciel déchaîné les formes et l'essence de l'art du peintre. Et alors j'ai observé, pour la première fois, que les formes, dans l'art et la nature, intérieurement et extérieurement, se répondaient comme en écho.

*

Devant les couples de danseurs, je ressens à nouveau cette étrange harmonie. Mes pensées n'ont aucune terminaison, elles se heurtent entre elles puis se dissipent, et ce bazar intérieur s'accorde à la jungle des formes qui m'entourent : les mouvements des corps et leurs couleurs dépareillées, les immeubles anciens, les tours en chantier, les trottoirs éclatés de racines de platanes entre lesquelles se faufilent des cafards de la taille d'un pouce, les voitures, les camions, les vélos, les feux de circulation, rouge orange vert, les terrasses de café, les tasses, les verres, les tables et les chaises, du bois, du métal, de l'osier, les jardins, les humains, les chiens et leurs laisses, les fourmis, les fleurs, les bijoux, les travailleurs, les flâneurs, les enfants, les adultes, les vieillards, les adolescents, la technologie, les écrans, les vêtements, l'oxygène, l'essence, le diesel, les rires, la pollution, les colères, les joies, l'humidité, les tristesses, les indifférences, le ciel, la lune, les cumulus, la voûte étoilée – l'infiniment petit en reflet dans l'infiniment grand.

Objets, odeurs, sensations semblent reliés, et cette multiplicité des choses est posée sur une immense toile d'araignée invisible et totale.

Mais qu'est-ce que c'est, vivre, je répète, et je pourrais ressentir de la lassitude devant la naïveté de cette question qui me revient sans cesse et sans réponse, sans réverbération, comme si toujours je la prononçais depuis une chambre privée d'écho. Non, je ne sais pas ce que c'est que vivre, je ne sais pas ce que je suis en droit d'attendre et d'espérer, je ne sais pas ce qui nous habite ni ce que nous habitons – l'entièreté des choses, de la parole à la matière qui nous entoure et nous constitue –, non, je ne sais pas ce qu'est la vie.

Mais je pressens, de façon si bizarre, que la clé recherchée ne se trouve pas dans le passé, ni dans la raison, ni dans ma mémoire. Elle se trouve au-dehors, dans cet instant, elle est là, présente, dans la géométrie des formes : dans leur concordance. Tout est en miroir, ce ne sont pas les questions, mais les formes qui se répondent. Il y a là un miracle, un étonnement digne d'une perfection.

Au cœur de la géométrie de ces formes est ma place ; si je ne sais pas ce qu'est vivre, je pense encore, au moins, que je peux être quelqu'un en tant que je m'inscris dans cette géométrie. Il suffit d'ouvrir les yeux et d'observer. Du plus petit insecte au plus haut bâtiment, de l'air de tango aux circonvolutions des danseurs, de la rectangularité de mon téléphone à la forme des voitures, de la feuille de l'arbre et ses marbrures végétales aux lignes de vie de la paume de ma main et aux striures du rocher, de la photographie d'un trou noir à la pupille de mon œil, du cimetière et de ses tombes aux déambulations des vivants, il y a dans l'ensemble une alliance, une fraternité des formes et des substances, et je pense : peu importe si tu ne sais pas qui tu es, l'identité est peut-être un mensonge, à moins que ton identité ne soit ce *peut-être* et qu'elle ne soit la partie d'un tout qui n'a pas de limite.

Je peux aimer sans savoir, je peux être sans comprendre.

Et si les formes, après des millénaires, continuent ainsi d'exister, de se déployer, de se transformer et de s'assortir, alors la réponse est déjà là depuis bien avant ma naissance : ce monde est logique, la vie est logique, la vie est justifiée, et dans cette sensation intelligible je peux avoir confiance.

Il n'y a pas de manque. Les mots produiront des phrases qui produiront des micro-univers qui auront chacun leur place ici.

Mon doute n'est pas révolu, mais j'éprouve un soulagement, qui s'exprime par une profonde respiration. La vie existe en nous et nous existons en elle. Et puis je sais que malgré toutes les épreuves, si je peux voir, écouter, sentir, cela signifie que j'ai été aimée.

J'avance dans cet amour.

ÉPILOGUE

> Je te parle tombé du bord de la route
> Et l'arc-en-ciel est fait des larmes que
> je couds
>
> LOUIS ARAGON

Ton exil vient de plus loin que toi.

Dans ta famille, il semble que l'exil est une matière première qui se transmet.

Tes parents et tes grands-parents n'ont jamais vécu là où ils sont nés.

Ton grand-père paternel a fui la Pologne avec son fils à la fin des années 1920 – il a fui la montée du poison antisémite. Ce n'était pas pour une existence meilleure : c'était pour espérer survivre.

Ils ont quitté Kazimierz, sont passés par Trieste pour rejoindre le port de Gênes. Ils ont embarqué pour Santa Fe.

Et s'ils étaient restés
Et s'ils s'en étaient allés ailleurs

Et si ton père, à dix ans, n'avait pas pris le bateau, tu n'aurais pas vu le jour ; par conséquent, je n'aurais pas existé, jusqu'aux phrases qui se déploient sur cette page et qui naissent maintenant.

Les vies potentielles et non exaucées demeurent dans une dimension parallèle. Alors, ce qui aurait pu être, ce qui aurait été, nous l'ignorons, et confions le conditionnel au mystère des étoiles : quand je les regarde dans le ciel, la nuit, je les imagine incarnant les chemins que nos anciens n'ont pas empruntés.

Ces existences virtuelles scintillent lointainement, nous rappelant à la fragilité du libre arbitre.

Nos exils consécutifs suivent les chemins inattendus et sinueux de l'Histoire.

J'aime rêver à ces chemins non parcourus et à leurs déviations.

*

Quand j'étais enfant, je voulais tellement que tu sois heureuse.

Je rêvais de te sauver du malheur, de cette détresse humaine qui s'infiltre en nous à des degrés divers, et qui frappait si profondément en toi, prenant la forme d'un *cafard*.

Souvent tu le disais.

J'ai le cafard.

L'expression d'une absence de lieu où déployer sa

paix : cette vive cicatrice dans le cœur que les exilés connaissent.

À Miramar, dans notre petite maison de vacances où nous passions les fêtes de fin d'année, tu prenais chaque matin le soleil devant les vagues de l'Atlantique, allongée, immobile, comme en méditation, offerte entièrement à la chaleur, jusqu'à la laisser te brûler la peau. Tu disais alors ne plus penser à rien, n'avoir besoin de rien, tu disais *Je suis faite pour le soleil.* Dans ces moments s'interrompaient la peur, l'affolement, l'insatisfaction de cette vie qui t'avait en partie échappé. Tu n'étais plus ce corps rempli de nerfs noueux, mais une prolongation des éléments naturels, entièrement pénétrée de lumière.

C'était comme ça que la vie t'aimait, dans la simplicité du bonheur sans attentes, comme ça que je souhaitais te voir irradier : non plus comme une mère, mais comme un être comblé par sa propre substance.

Car pour moi tu es ce soleil.

Oui toujours tu as été le soleil. Un astre sans âge, sans finitude : je t'imaginais née au temps des premières fleurs, ou peut-être plus lointainement encore, au temps des poussières originelles, inatteignable pour la mort.

La mort, pourtant, tu la connais. Lorsque ton père s'est éteint subitement au coucher, devant toi, tu t'es emplie d'horreur face à ce qui de plus cher nous est retiré.

La mort a brisé ton innocence puis elle a dirigé ton destin, et ta jeunesse s'est achevée à cet instant.

J'ai sans cesse rejoué dans mes pensées cette scène du 1er janvier 1978, que je ne connais que par les maigres détails que tu as bien voulu partager. Un souvenir comme une ombre qui ne se lève pas, un présent continu – la mort de ton père est toujours à venir, sans cesse au coin de tes yeux. C'est là que l'injustice frappe et demeure, orientant chaque pensée, chaque geste du reste de tes jours. Elle inaugure la menace constante du moment de bascule, de l'avant et de l'après : perdre ton père, c'était perdre le monde. Avec le monde, la confiance dans le chemin.

Je lui en ai voulu. Souvent je me suis adressée à lui, dans mes angoisses nocturnes, je lui demandais comment il avait pu te laisser seule, lui qui était cette solide fondation sur laquelle t'appuyer pour grandir.

Il ne m'est pas possible de me détacher de ton deuil : je le poursuis à tes côtés. Par amour, par solidarité, par compassion pour ta lumière – car je te l'ai dit, maman : toi, tu es le soleil.

Je ne crois pas que les douleurs s'égalisent, ni que nous pouvons prétendre souffrir plus ou moins qu'un autre corps, qu'une autre histoire – corps et histoire, n'est-ce pas la même chose ? Ton histoire a empli ton corps de souffrance, l'a modifié, tu es désormais constituée de cette histoire, elle est devenue toi : et ce corps m'a donné la vie.

J'ai absorbé l'histoire de ta souffrance : elle est contenue désormais dans mon corps, empli lui aussi de la force de ton histoire.

*

En perdant ton père, tu as fait l'expérience de la ruine.

Pendant la dictature militaire, tu as décidé qu'il fallait partir : rester là-bas c'était être condamnée.

Tu es arrivée à Paris en 1981, quelques mois avant l'élection de François Mitterrand. De ces années, je ne sais presque rien, seulement que tu as enduré un terrible esseulement – il rampe dans chacun de tes souvenirs parisiens, je l'entends dans tes pauses émues quand tu les évoques, je le lis au bord de tes lèvres.

Inoubliable et inavoué.

Tu fais attention, tu n'en dis jamais trop, en réalité le moins possible, comme si remémorer le passé c'était risquer de faire sortir le monstre de sa boîte, le monstre du malheur de n'avoir été rien : il vit en toi, si bien établi, et tu fais au mieux pour sans cesse le faire taire.

À ce monstre, tu as donc donné un nom : le cafard. Dès mon enfance, il se promenait à la maison, tu disais *Quel cafard, ça me donne le cafard,* écho permanent, maintenant je l'ai compris, au mal-être de ton exil et de ton deuil. Il n'y a pas d'équivalent, dans la langue argentine, à l'expression avoir le cafard.

C'est la langue française qui a nommé ton monstre.

Tu fuis les afflictions du passé.
Tu ne remues jamais les plaies.

Que dire, sinon que je ne t'en veux pas.
Combien je te comprends.

J'avais quatorze ans la première fois que j'ai voulu mourir.

Je me suis confiée à toi. Je me souviens d'avoir simplement prononcé ces mots : *Maman, aide-moi à disparaître.*

Tu ne m'as pas prise dans tes bras, la pudeur nous limitait, mais intenses étaient nos détresses. C'était l'impuissance d'une mère devant le désarroi de l'enfant qui souffre sans pouvoir définir le mal qui se forme en lui.

Pourquoi, soudainement, ne plus vouloir vivre ? Pourquoi, si jeune ?

Je ne comprenais pas ce qui m'arrivait. L'angoisse était irrationnelle, je m'enfonçais dans la *selva*, je l'appelle désormais ainsi, car c'était une forêt, épaisse, touffue, déroutante comme la forêt de Misiones, j'y avançais sans boussole, sans itinéraire, mes émotions s'asphyxiaient dans la nuit, se confondaient dans son obscurité.

J'étais démunie. Je n'avais pas l'intelligence de ma chute.

Il y avait surtout la sensation d'un aveuglement dans mon regard, une lueur forte et sauvage, comme l'éclipse solaire qui nous brûle les yeux jusqu'aux larmes quand on la fixe.

Tomber dans ce vertige signifia très certainement le dernier jour de mon enfance.

J'avais peur de grandir. Entrer dans le monde des adultes, faire les premiers choix, ouvrir les yeux sur la brutalité des volontés individuelles qui s'affrontent pour réussir.

C'est dans le ciel que je me réfugiais.

L'après-midi, en regardant les nuages ; le soir, en regardant les étoiles. Les villes sont peu propices à l'observation du ciel, car les réverbères mutilent la pureté céleste. Cependant, certaines nuits de médiocre sommeil, lorsque le ciel était suffisamment dégagé, j'allais à la fenêtre de ma chambre. Je levais la tête vers les étoiles, et c'était pour moi sentir une once de vie reprendre. Mon cœur s'ouvrait. Je regardais chaque point scintiller, m'imaginant que chacun d'eux incarnait un ancêtre ou un personnage de fiction que je portais en estime. Je pensais souvent au Petit Prince, je le devinais quelque part là-haut, heureux sur sa planète, enfin réconcilié avec la nature humaine – car il est toujours plus facile d'aimer de loin.

Mon père m'avait dit qu'une étoile qui scintille est probablement une étoile morte au moment où on la contemple : le temps que sa lumière met à nous parvenir est aussi le temps de sa disparition.

C'est comme si dans le ciel seule la mémoire existait.

Ainsi, sans naïveté, mais dans une étrange confiance en cet infini plus grand que tout ce que j'étais, et plus grand que tout ce qui était soumis, ici-bas, à l'insoutenable gravité du présent, j'ai commencé à me faire amie du ciel. Je levais la tête vers cet ailleurs, et l'angoisse, la peur, le doute se dissipaient. Je disais adieu au réel. En posant mes yeux sur les nuages et sur les étoiles, je sentais le réconfort d'une possible maison. J'entretenais un lien mystérieux et silencieux avec la mémoire du monde, un lien avec le temps.

*

Je crois maintenant savoir ce qui m'est arrivé à quatorze ans.

À la naissance, j'ai avalé ton exil.

Cet exil s'est tapi dans mon corps – je pense à une chrysalide, un mot qui m'est précieux. La chrysalide a lentement, silencieusement, évolué dans la chair de mon corps d'enfant.

À l'adolescence, la chrysalide a suivi la métamorphose de mon organisme, jusqu'à éclore. Alors le feu de ton exil m'a consumée intérieurement.

Contrairement à toi, mon exil n'a pas été géographique : il est ancré dans mon cœur depuis la naissance, comme ton cafard qui a évolué dans mon sang.

Je voulais en finir avec le sentiment de ne pas comprendre la vie, et surtout avec la peur de n'avoir que du silence en moi, ce silence que je portais depuis toujours, qui me mettait si mal à l'aise. Si j'avais pu vivre sans prononcer de mots, je l'aurais fait : mais ce monde-là n'a que peu de place pour ceux qui peinent à s'exprimer. Prendre la parole c'est se rendre visible.

Dire, énoncer, raconter, cela semblait souvent inutile et je dirais même que cette perspective m'épuisait. J'étais peu douée pour le langage. Je n'y voyais pas de vérité, et il y avait aussi pour moi le sentiment que je vivais *après la parole* : j'avais l'impression d'avoir déjà tout dit, comme si je portais quelque part au fond de mon être une vie déjà vécue, accomplie, et que seules l'écoute et la contemplation pouvaient lui succéder.

Peut-être était-ce aussi la fragilité que les mots révélaient de moi : ils se faisaient l'écho d'une faille, je ne les maîtrisais pas, je n'avais pas confiance dans mes propres mots. Ils pouvaient perdre la totalité de leur sens, et ce à n'importe quel moment d'une réflexion. Je commençais une phrase pour m'interrompre soudainement au milieu, ne sachant plus ce que j'avais voulu dire. Les mots s'effritaient jusqu'à se vider de leur substance : alors, le fameux trou noir. C'était comme devenir un animal, incapable de formuler un sentiment par la langue, un instant vécu. Ce qui seul demeurait, c'était la sensation. Trop de mots, trop de phrases possibles : je n'arrivais plus, tout à coup, à en sélectionner aucun.

Je me rappelle qu'on moquait souvent ton accent. Cela te blessait. Tout comme ton écriture, que tu rendais illisible, pour ne pas qu'on y devine les fautes d'orthographe.

Tu faisais des efforts d'élocution dans certaines circonstances : imiter au mieux les intonations de la bourgeoisie française, tout en pouffant du ridicule, *Ils ont une patate chaude dans la bouche*, tu disais.

On me demandait constamment d'où tu venais. C'était la première question dès qu'on entendait ta voix. « Ma mère est argentine », je répondais, un peu vexée, mais aussi secrètement fière, comme d'un trésor de l'ailleurs que personne ne pouvait me prendre – déchiffrer.

Ton pays du bout du monde, ce royaume inatteignable pour eux.

Dire que moi jamais, jamais je n'ai entendu ton accent : il était la juste prononciation, originelle, sur laquelle mon ouïe a accordé toutes les autres.

Tu es argentine. Tu es juive. Tu es française. Tu es d'Europe. Tu es du monde.

Tu es vivante.

Je n'ai jamais pu dormir dans l'avion qui relie Paris à Buenos Aires : je suis toujours impatiente et euphorique de retrouver la terre de ta naissance. Aussi, apeurée, suspendue dans l'atmosphère, emprisonnée dans cette petite boîte volante qui défie le rythme solaire. Je garde la tête collée au hublot. Je contemple le noir de la nuit, craignant de tomber dans l'océan. Je commence seulement à me sentir mieux en voyant, grâce au reflet de la lune, les contours du Brésil. Puis arrive l'Amazonie, immense tache ébène où j'imagine grouiller une faune invraisemblable – un monde dans le monde, magique, sacré, incompris de nous.

Et quand les pneus de l'avion touchent le sol de l'Argentine, un souffle en mon cœur se répare.

La vie redevient soleil.

Argentine, je murmure, le mot sonne précieusement. Il y a des mots qui incarnent une mémoire. En prononçant *Argentine*, je prononce mon enfance : sa part la plus heureuse. C'est un paradis virtuel, un territoire constitué de rires et de pleurs, de séparations, de cauchemars et de liberté. Je pense le contraire, maman, de ce que tu m'as dit : je pense que l'Argentine est le seul pays où j'ai réellement vécu.

Ton pays, pas le mien, tu me disais, alors pourquoi le sentiment d'être née ici ?

Il m'a fallu revenir vivre ici, au moins pour un temps, car en France, là où je suis née, je n'étais pas non plus chez moi. J'ai fini par étouffer, je mourais de ne plus retrouver mon enfance. C'est ici, à Buenos Aires, que mon espoir et mes rêves se sont réveillés, que j'ai pu sentir le souffle de la vie me traverser. La vie en France était le confort sombre et livide, il n'y avait pas d'éclat, pas de parfums, pas de soleil.

Le soleil du drapeau argentin c'est le soleil de mon enfance : comme la lune, je l'ai toujours vu sourire.

Je ne sais pas d'où je suis, plutôt d'ici ou de là-bas ; plutôt du Nord ou du Sud ; plutôt de la France ou de l'Argentine, et ce vertige de l'entre-deux affecte chacune de mes pensées, chacune de mes respirations.

Argentine.
C'est une terre une odeur un visage une histoire.

Argentine.
C'est la violence et la douceur.

Argentine.
C'est l'unité.
C'est la dispersion.

Argentine.
C'est l'amour et la vérité de la peur.
C'est mon enfance de toujours et de là, maintenant.

Argentine.
C'est ma mémoire : mon pays de l'impossible.

Composition : PCA
Achevé d'imprimer
par CPI Firmin-Didot
à Mesnil-sur-l'Estrée, en octobre 2023
Dépôt légal : octobre 2023
Numéro d'imprimeur : 176619

ISBN : 978-2-07-303015-3/Imprimé en France

601006